Johannes Graichen

Der Schrecken im Nil

Johannes Graichen

Der Schrecken im Nil

Eine Horrorgeschichte im alten Ägypten

Bibliografische Information der Deutschen Nationalbibliothek:
Die Deutsche Nationalbibliothek verzeichnet diese
Publikation in der Deutschen Nationalbibliografie; detaillierte
bibliografische Daten sind im Internet über http://dnb.dnb.de
abrufbar.

Lektorat: Kathrin Bandow

Verlag: BoD · Books on Demand GmbH, In de Tarpen 42,
22848 Norderstedt

Druck: Libri Plureos GmbH, Friedensallee 273, 22763
Hamburg

ISBN: 978-3-7597-3423-5

EINE FURCHTBARE BEGEGNUNG

Langsam, aber stetig bewegte sich das Papyrusboot auf dem Nil dahin. Die Fahrt ging Richtung Süden, also gegen die Strömung des Flusses. Daher mussten die vier Menschen auf dem Boot kraftvoll ihre Ruder ins Wasser stoßen. Zwei Frauen und zwei Männer waren es, die sich auf dem Rückweg ins Dorf befanden. Zur Mittagszeit schaute hier die Sonne gebieterisch auf die Menschen herab. Doch jetzt thronte sie nicht mehr erhaben am Himmel, sondern neigte sich zum westlichen Horizont hin, wo sich die weite, trostlose Wüste erstreckte. Und während langsam die Abenddämmerung einsetzte, näherte sich das Boot seinem Ziel. Da machten die vier plötzlich eine Entdeckung.

»Schaut mal dort!«, sagte eine der Frauen und zeigte auf das Ufer rechts von ihnen. Sie fuhren bereits die ganze Zeit ziemlich nah an dieser Uferseite entlang und konnten es deshalb gut sehen.

»Das war doch vorher noch nicht da«, bemerkte einer der Männer, während er auf den Punkt schaute, auf den die Frau gerade gezeigt hatte.

An dieser Stelle bildete das Nilufer einen steilen Hang mit Steinen und Felsen. Und unter einem großen, länglichen Stein klaffte ein Loch, als wäre dort der Boden weggebrochen, um eine Höhle zu offenbaren.

»Das will ich mir genauer ansehen«, sagte der zweite Mann und die anderen wollten sich seinem Vorhaben anschließen, da sie diese Entdeckung ebenso interessierte.

Sogleich erreichten sie das Dorf und legten an. Sie gingen dann in die Richtung der merkwürdigen Höhle. Es war nicht weit bis dahin, höchstens ein Kilometer. Als sie an der gesuchten Stelle ankamen, standen sie an der Oberseite der Böschung, die nach unten hin ins Wasser mündete. Von hier aus sah man Steine, doch das Loch blieb den Blicken der Gruppe gänzlich verborgen. Also stiegen sie vorsichtig nach unten, Schritt für Schritt. Und da war sie, die Höhle. Der Eingang musste etwa so hoch wie ein aufrecht stehender Mensch sein. In der Abenddämmerung erschien die Höhle wie ein total lichtloses Loch, in dem die Dunkelheit bedrohlich lauerte. Den Vieren war etwas mulmig zumute, besonders, als ihnen ein abscheulicher Gestank von Verwesung in die Nasen stieg. Da lag eine tote Ratte direkt am Eingang. Ihr lebloser Leib wurde von Fliegen umschwärmt. Wie viele Tage mochte sie wohl schon hier liegen? Der Gestank war widerlich, kaum zu ertragen. Eigentlich wollten sie alle lieber gehen, doch die Neugier hielt sie zurück. Was hatte es mit dieser Höhle auf sich? Verbarg sich etwas in ihr, und wie groß war sie überhaupt? Sie hatten kein gutes Gefühl bei dieser Sache. Auf einmal fragten sie sich, was sie hier eigentlich wollten, an diesem unheimlichen Ort. Die Sonne ging unter und sie standen hier vor einem dunklen Höhleneingang, in dem der Kadaver einer Ratte lag. Ihre Blicke waren ins Schwarze gerichtet. Doch hatte sich da nicht gerade oberhalb ihres Gesichtsfeldes etwas emporgehoben? Sie schauten alle im gleichen Moment hinauf und tatsächlich - oben am Hang stand ganz plötzlich etwas! Es war groß, nur die Umrisse waren klar zu erkennen. Eine Gestalt, die sie noch nie zuvor gesehen hatten. Die zwei Frauen und die zwei Männer standen vor Schreck ganz still, wie in einer Schockstarre und gaben keinen Laut von sich. Wie aus dem Nichts war dieses Etwas aufgetaucht. Es hatte an seinem Rücken lange, dünne Auswüchse und der Kopf sah beinahe wie der eines Krokodils aus. Eine schauerliche Sekunde verging. Dann ertönte plötzlich ein furchtbar anzuhörendes Fauchen, das wie ein unterdrückter Schrei klang! Dieser albtraumhafte Laut ließ die Angst ins Unermessliche steigen. Im selben Augenblick machte die Gestalt einen Schritt nach vorn. Sie wollte den Hang herunterkommen! Da dachten die vier nur noch an eines: Flucht! Sie rannten in Richtung Dorf, und zwar unten am Hang entlang, obwohl es dort sehr mühsam und schwierig war. Egal. Sie mussten weg, so schnell wie möglich! Ihre Beine trugen sie über den steinigen und sandigen Boden, durch das Gebüsch des Ufers, während sie die Präsenz des Grauens in ihren Nacken spürten. Keiner wagte es sich umzudrehen, um zu schauen, ob die Gestalt noch hinter ihnen her war. Dann erklommen sie den Hang und rannten oben an der Kante weiter.

Irgendwann kamen sie am Dorf an, wo sie auf einige Fischer trafen. Hier blieben sie zum ersten Mal stehen und blickten in die Richtung, aus der sie gerade gekommen waren. Sie waren völlig außer Puste und die Fischer konnten die Angst an ihren Gesichtern ablesen.

»Was ist passiert?«, wollte einer wissen.

»Bei Seth, was war das denn?«, war das Einzige, was eine der Vier schnaufend hervorbrachte.

»Was ist denn los?«, fragte nun ein anderer Fischer.

Dann fingen sie mit aufgebrachten Stimmen an zu erzählen: »Dort hinten, direkt am Nilufer ...«, sie mussten zwischendurch immer wieder nach Luft schnappen oder vor Entsetzen stöhnen. »Dort hinten begegnete uns plötzlich ein großes ... Wesen, oder irgendein Tier! Es hatte viele dünne Arme oder etwas Ähnliches auf dem Rücken. Die sahen so aus wie Insektenbeine. Und ich glaube, es hatte den Kopf eines Krokodils.«

Die Fischer machten große Augen. Sie versuchten sich ein Bild zu machen und irgendeine Erklärung dafür zu finden.

»Dann hat es so ein furchtbares Geräusch von sich gegeben und kam auf uns zu. Wir hatten solche Angst und sind nur noch gerannt und dieses Tier kam uns hinterher, ich weiß nicht wie weit.«

Als die Fischer anboten, noch einmal in der entsprechenden Richtung am Nil entlangzulaufen, rieten die Verängstigten dringend davon ab. Eine solche Suche nach dem besagten Wesen sollte am helllichten Tag durchgeführt werden, und somit erst morgen. Jetzt wollten die zwei Frauen und die zwei Männer nur noch nach Hause zu ihren Familien. Dort erzählten sie noch einmal von der schockierenden Begegnung, die keinen ruhig schlafen ließ, in dieser Nacht.

SETHOS DER FISCHER

Das Dorf setzte sich zusammen aus dutzenden Häusern, die praktischerweise alle aus Schlammziegeln erbaut worden waren. Es lag westlich des Nils, irgendwo in Unterägypten. In den letzten Monaten hatte der Nil die Felder mit kostbarem Wasser und seinem fruchtbaren Schlamm überzogen, doch jetzt war es Ende Oktober und die Nilfluten gingen stark zurück. Es begann dieser Tage Peret, die zweite Jahreszeit des ägyptischen Kalenders, bekannt als die Zeit der Aussaat.

So ziemlich in der Mitte des Dorfes trat gerade ein 30 Jahre alter Mann aus der Holztür seiner schlichten Behausung. Das war Sethos, ein Angehöriger des Volkes von Pharao Teti II. Er war Fischer - um genau zu sein, einer jener Fischer, die gestern Abend als Erste von dem Wesen erfahren hatten. So wie die meisten Dorfbewohner verließ er an diesem frühen Morgen sein Haus, um an den Nil zu gehen. Dort wurde sich für gewöhnlich gewaschen, was nach manchen warmen Nächten eine willkommene Erfrischung war. Doch vier Personen nahmen diese Erfrischung heute nicht wahr. Sie trauten dem Fluss und seinen Geheimnissen nicht.

Sethos wusste warum. Er selbst hatte mit noch niemandem darüber gesprochen, auch nicht mit seiner Frau Mara oder seinen drei Kindern. Doch andere Fischer hatten es offenbar getan. Denn er hörte Bruchstücke eines Gesprächs mit, in dem vom gestrigen Abend und von einem großen Ungetüm die Rede war.

Doch als er später am Morgen frühstückte, hatte dieses Thema zum Glück noch nicht seine Familie erreicht, und er würde bestimmt nicht derjenige sein, von dem sie es zuerst zu hören bekämen. Sie saßen auf dem Dach ihres Hauses und aßen Datteln, Eier und das übliche Fladenbrot. Aber Sethos hatte nur mäßigen Appetit und war in Gedanken ganz bei dem, was er gestern Abend vernommen hatte. Sein schlankes Gesicht war finster, doch das fiel nicht weiter auf, denn er hatte von Natur aus einen ernsten Gesichtsausdruck. Der Gedanke an ein großes Wesen mit dem Kopf eines Krokodils bereitete ihm aus einem bestimmten Grund Unwohlsein. Erst vor wenigen Jahren war sein Vater von einem Krokodil getötet worden. Natürlich wusste jeder, dass die Tiere gefährlich waren, dennoch kam es hin und wieder zu Angriffen, die nur zu oft tödlich endeten.

Wenn Sethos mit einem Boot auf dem Nil fuhr und Krokodile sah, wurde er immer nervös, manchmal sogar richtig ängstlich. Dann fingen seine Hände, in denen er das Ruder hielt, an zu schwitzen und er wischte sie an seinem Schurz aus Leinen ab. Außerdem hatte er die Angewohnheit, sich bei Angst ständig umzuschauen und die Umgebung intensiv zu beobachten. Seit dem unglücklichen Vorfall seines Vaters, arbeitete er jedoch deutlich weniger auf dem Fluss und angelte stattdessen viel mehr. Das konnte er vom Ufer aus machen, an einer gut überschaubaren Angelstelle. Und während des

Rückgangs der Nilfluten, konnte er auf den Überschwemmungsgebieten Fische in zurückbleibenden und langsam austrocknenden Tümpeln fangen. So hatte er eigentlich keine Krokodile zu fürchten. Doch sollte es jetzt etwa ein Krokodilwesen geben, das den Menschen sogar an Land hinterherjagte? Sethos fand keine richtige Antwort darauf, während er Löcher in die Luft starrte. Er war nicht nur heute so gedankenverloren. Tagträumereien waren bei ihm eine Eigenart, die schon früher seine Mutter immer kritisiert hatte.

Er schlürfte den Rest seiner Milch aus und griff noch nach einer Dattel. Der süße Geschmack war ihm gerade nicht sehr willkommen. An jedem einzelnen Morgen aß er die Früchte und jetzt wurden sie ihm einfach nur fade.

Indessen war die Mahlzeit ohnehin so gut wie beendet, so auch bei vielen anderen Familien des Dorfes. Sie alle starteten in ihren Tag, einige mit dem Wissen über den Vorfall von gestern Abend. Jene hatten das Bedürfnis, die vier betroffenen Personen aufzusuchen und ihnen Fragen zu stellen. Inwiefern solche Fragen beantwortet wurden, war unterschiedlich, doch letztendlich traten mehr und mehr Informationen zum Vorschein. So kam es, wie es kommen musste und es entstand ein Gerücht, das sich im ganzen Dorf verbreitete. Bald wussten alle davon und es bildeten sich die verschiedensten Meinungen. Manche glaubten, das wäre bloß ein verrücktes Märchen von irgendwelchen Spinnern. Andere wiederum hielten die Geschichte für wahr und trauten sich abends kaum noch an den Nil zu gehen. Und wieder andere wussten nicht, was sie davon halten sollten, so wie Sethos.

Aber was wurde nun aus der Suche nach dem Wesen? Eigentlich gab es gar keine gemeinsam geplante Suche.

Aber manche taten sich zu kleinen, zwei- oder dreiköpfigen Gruppen zusammen und erkundeten das Nilufer. Und einige dieser Gruppen fanden tatsächlich den Höhleneingang, jedoch traute sich keiner hinein. Von dem schrecklichen Tier fehlte aber jede Spur. Es gab somit keinerlei neue Erkenntnisse, sondern nur weitere Spekulationen.

DAS VERSTECKSPIEL

Es war jener Tag. Sethos saß noch im Haus und frühstückte mit Mara und den Kindern. Diesmal befanden sie sich nicht auf dem Dach, sondern im Wohnraum, der auch genutzt wurde, um zu essen. Allerdings speisten sie nicht an einem Tisch mit Stühlen, denn Möbel gab es bei den einfachen Ägyptern nur wenige. Sie saßen auf dem Boden im Kreis um die Schüsseln herum.

Draußen, nicht weit vom Dorf, befanden sich Pyramidenbauer auf dem Weg zu ihrem Arbeitsplatz. Unterwegs waren sie auf dem Nil mit mehreren Segel- und Ruderbooten. Auch Leute aus dem Dorf zählten dazu. Es muss erwähnt werden, dass es sich bei diesen Arbeitern keineswegs um Sklaven handelte. Sie waren allesamt gewöhnliche Ägypter, die für ihre Schufterei bezahlt wurden.

Schaute man von einem der umliegenden Hügel aus nach Süden, dann konnte man am Horizont zwei dieser mächtigen Bauwerke sehen. Und wenn die Sonne zur Mittagszeit ihren höchsten Stand erreichte, glänzte die oberste Stelle einer Pyramide strahlend hell, da die Spitze eines solchen Kolosses aus purem Gold bestand.

Die Pyramidenbauer waren bereits weitergefahren, da eilte ein Mann ins Dorf.

»Ich weiß, was in der Höhle ist!«, rief er. »Ich habe etwas entdeckt!« Seine aufgeregte Stimme tönte zwischen den Häusern entlang.

»Das klingt doch wie Onuris«, bemerkte Mara, als sie die Rufe von draußen hörte.

Sethos stand auf und ging an eines der wenigen kleinen Fenster, die es in ägyptischen Häusern gab. Tatsächlich sah er Onuris, der hin und her lief und sich umschaute. Sethos war keineswegs erfreut, ihn zu treffen, denn er konnte ihn wirklich nicht leiden. In seinen Augen war Onuris ein arroganter Hochstapler, der nicht davor zurückschreckte, zu lügen, um selbst besser dazustehen.

Schon sammelte sich eine kleine Schar um ihn herum, die neugierig war. Auch Mara ging hinaus und die Kinder ebenfalls. Da blieb Sethos nichts Anderes übrig, als ihnen nach draußen zu folgen.

Schon fing Onuris an zu berichten: »Ich sage euch, in dieser Höhle ist so manches Geheimnis verborgen. Vorhin war ich dort und ging hinein. Und ja, natürlich hatte ich Angst. Doch ich nahm meinen Mut zusammen.«

Die Leute schauten aufgeregt oder aber misstrauisch und zweifelnd drein.

»Also stand ich da in der Höhle, nur eine Fackel spendete mir Licht. Schritt um Schritt ging ich tiefer hinein. Und was ich da entdeckte, könnt ihr euch nicht vorstellen. Ich stieß auf einen unterirdischen Tempel! Wie groß er war, kann ich nicht sagen, denn weiter wagte ich mich nicht hinein. Aber wer weiß? Vielleicht wohnt ja in diesem Tempel das Wesen? Ihr wisst schon, welches ich meine.«

Die Leute schauten sich gegenseitig an und runzelten die Stirn.

»Ach Junge«, sagte ein älterer Mann. »Du kannst gerne mal deinen großen Mut zusammennehmen und die Ratten aus meinem Keller vertreiben.«

Onuris blickte gleichgültig drein.

»Besonders glaubwürdig ist dieser Unsinn nicht gerade«, sagte eine Frau.

Daraufhin erwiderte Onuris: »Aber *du* hast nicht den Mut, selbst in die Höhle zu gehen, um das Gegenteil zu beweisen.«

Da winkte die Frau ab und ging weg, um sich um eigene Angelegenheiten zu kümmern. Die anderen folgten ihrem Beispiel und so tat es schließlich auch Onuris. Er fand eine Genugtuung darin, dass er den anderen von seinem Erlebnis berichtet hatte, ob es nun wahr war oder nicht. Mara und die Kinder gingen wieder hinein und nur noch zwei Personen standen da: Sethos und neben ihm sein Nachbar und guter Freund Amosis. Dieser war ein glatzköpfiger Mann mit einer ziemlich großen Nase, der sich von Erzählungen wie der gerade gehörten, niemals einschüchtern ließ.

»Was der sich immer ausdenkt«, fing Amosis an.

»Und ich dachte, er gehört zu denen, die nicht an das Wesen glauben«, sagte Sethos.

»Wahrscheinlich ist das auch so, aber wenn er die Sache nutzen kann, um sich selbst als den mutigen Höhlenforscher dastehen zu lassen, macht er wohl gerne eine Ausnahme.«

»Da hast du recht, fürchte ich.«

Nach einer kurzen Pause sagte Amosis: »Ich habe für heute erst mal wieder genug von diesem Thema. Ständig hört man irgendwelche Vermutungen. Dann kommt Onuris ins Dorf und behauptet, die Höhle erkundet zu haben.« Er fasste sich an die Stirn. »Das ganze Gerede von diesem Wesen und von der Höhle reicht mir so langsam.«

»Du glaubst nicht an das Wesen, stimmt's?«, wollte Sethos wissen.

»Nein. Du etwa?« Amosis schaute seinen Freund mit großen Augen an. Dieser überlegte.

»Ich weiß nicht. Du musst verstehen, ich war einer der Ersten, mit dem die vier gesprochen haben, nachdem sie dem Tier begegnet waren. Und sie sind wirklich total aufgebracht und ängstlich gewesen. Ich sage, das Ganze hat einen wahren Kern. Und welcher das ist, wird sich gewiss noch zeigen. Wir sollten also abwarten.«

Dann war es an der Zeit, sich der Arbeit zu widmen. Amosis war ein Bauer, wie die meisten Menschen. In der jetzigen Jahreszeit Peret galt es, die Samen des Getreides auf die Felder zu bringen, die der Nil wieder von seinen Fluten freigegeben hatte.

Doch heute war noch etwas Anderes ausgesät worden. Eine neue Geschichte, die Erzählung von Onuris. Obwohl sich schon viele ihre ablehnende Meinung dazu gebildet hatten, wurde es dennoch im dörflichen Geplauder thematisiert, bis jeder davon wusste. Auch die Kinder erfuhren es, und so kam es, dass Sethos' Sohn Essam seinen Vater danach fragte, als sie gerade dabei waren, Fischernetze zu reparieren.

»Sag mal Vater, glaubst du, dass in der Höhle wirklich ein Tempel ist?«

Sethos verspürte eine leichte Verärgerung, als er diese Frage hörte. Es gefiel ihm gar nicht, dass sich die schwachsinnige Erzählung von Onuris auch unter den Kindern ausbreitete.

»Aber nein. Das ist bestimmt nicht wahr, was Onuris erzählt hat. Du darfst nicht alles glauben, was du hörst, Essam.«

Sein Sohn nickte.

Nach einer kurzen Pause sagte Sethos: »Weißt du, Onuris redet viel. Besonders über sich selbst. Aber manches davon ist einfach nur gelogen und falsch.«

Wieder nickte Essam, während sein Vater ihn etwas besorgt anschaute.

»Bitte versprich mir, dass du auf keinen Fall in die Höhle gehst! Aus Neugier zum Beispiel. Geh am besten gar nicht erst in ihre Nähe, ja?«

»Ist gut«, sagte Essam und nickte nochmals. Doch seine Neugier war natürlich groß. Und obwohl sein Vater sagte, dass es sicher keinen Tempel in der Höhle gab, ließ Essams kindliche Fantasie noch andere Geheimnisse zu, die sich im Dunkeln verbergen könnten.

Später, zum Nachmittag traf sich Essam mit anderen Kindern zum Spielen. Darunter war auch Pal, der Sohn des Nachbarn Amosis. Essam und Pal waren beste Freunde, eigentlich schon seit sie beide denken konnten.

Neben den üblichen Spielen der Kinder, ging es natürlich ständig um die Höhle und um einen unterirdischen Tempel. Es war Pal, der stolz anmerkte, dass er wusste, wo sich der Eingang befand.

»Warst du schon mal da?«, wollte ein Kind wissen.

»Nein, das ist gefährlich!«, betonte Pal. »Ich habe die Stelle aber von weiter weg gesehen.«

»Wovor hast du denn Angst?«, fragte ein anderes Kind leicht spöttisch. Und schon fingen sie an zu diskutieren oder gar zu streiten, ob es nun etwas gäbe, wovor man sich fürchten musste oder nicht.

Sie wechselten den Ort gerne mehrmals. So waren sie erst inmitten des Dorfes und standen später am Nilufer, an dem sie sich ebenfalls auf und ab bewegten. Sie gingen in die Richtung, von der Pal behauptete, dass dort der Höhleneingang sei. Als das nächste Spiel beginnen sollte, hielten sie inne. Sie einigten sich auf ein Versteckspiel, und schon ging es los. Ein Mädchen war mit suchen an der Reihe, also hielt sie sich die Augen zu und begann rückwärtszuzählen. Alle eilten in die verschiedensten Richtungen und suchten ein Versteck. Die Umgebung bot dazu gute Möglichkeiten, durch Palmen, die häufig mit Sträuchern oder Feigen und Akazien zusammenstanden, oder durch das Dickicht von Schilf und Papyrusstauden am Wasser. Wenn man noch weiter am Ufer weiterging, stieß man auf immer mehr Steine und Felsen, die ebenfalls gute Verstecke darstellten.

Essam und Pal versteckten sich zu zweit, nicht sehr weit von der Sucherin unter einer Palme im Gebüsch. Sie blieben still und warteten gespannt ab. Dann war es so weit, das Mädchen hatte bis zum Ende gezählt und begann mit der Suche. Nach und nach fand sie die Kinder, so auch die beiden Freunde Essam und Pal. Tatsächliche hatten sich alle in der näheren Umgebung versteckt. Nur noch ein Mädchen fehlte. Und auch als sie alle gemeinsam nach ihr suchten, konnten sie das Mädchen nicht finden, weshalb sie schnell den Suchradius vergrößerten. So liefen sie weiter voran, entlang des Ufers, dorthin, wo die Steine und Felsen lagen. Da ließ sich Pal plötzlich unauffällig zurückfallen, denn er war sich ziemlich sicher, dass die Höhle nicht weit sein konnte. Außerdem setzte die Abenddämmerung ein, und sie alle wollten zu Hause sein, bevor es dunkel würde. Jetzt riefen sie schon den Namen des Mädchens, doch erhielten keine Antwort.

Plötzlich sprang etwas zwischen zwei Felsen hervor! »Buh!«, rief es.

Sie alle erschraken. Dann atmeten sie auf. Es war das Mädchen, das sich einen kleinen Spaß mit ihnen erlaubte. Sie hatte extra nicht auf die Rufe geantwortet und auf den richtigen Moment zum Erschrecken gewartet.

Manche Kinder lachten, andere machten dem Mädchen milde Vorwürfe.

Dann sagte Pal: »Lasst uns jetzt wieder nach Hause gehen!«

Dagegen hatte niemand etwas einzuwenden, und so war das Spiel für heute beendet. Während sich die Sonne tiefer zum Horizont neigte, trafen sie im Dorf ein, wo sie schon das Abendessen mit der Familie erwartete.

Pal wollte Essam noch etwas mitteilen, daher blieben sie vor Essams zu Hause stehen.

»Weißt du, wir waren eben sehr nah dran an der Höhle«, sagte Pal zu seinem besten Freund.

»Oh, wirklich?«

»Ja. Deswegen bin ich froh, dass wir dann gleich nach Hause gegangen sind und den Eingang nicht entdeckt haben.«

Essam dachte nach. Als Nächstes sagte er leise: »Ich finde das ja schon spannend.«

»Ich auch«, erwiderte Pal ebenfalls leise. »Willst du den Eingang mal aus der Nähe sehen?«

Essam nickte stark, doch ihm war nicht ganz wohl dabei, denn die mahnenden Worte seines Vaters schwebten ihm vor.

»Wir können ja nochmal an einem anderen Tag zu der Stelle gehen«, schlug Pal vor. »Alleine. Wenn du willst.« Essam war sich unsicher.

»Ich überlege es mir«, war seine Antwort.

Danach gingen sie in ihr jeweiliges Haus. Essam erzählte unter seiner Familie von den Spielen mit den anderen Kindern, auch vom Versteckspiel. Doch das Detail, das ihm Pal eben offenbart hatte, erwähnte er natürlich nicht.

DER SPORT DER NEUGIERIGEN

Man konnte nicht sagen, dass der fragwürdige Bericht von Onuris ganz folgenlos an der Dorfgemeinschaft vorbeizog. Drei Tage danach hieß es, jemand habe sich eines Abends in der Nähe des Eingangs auf die Lauer gelegt und beobachtet, ob dort irgendetwas passieren würde. Nur wenig später stellte sich heraus, dass das kein Einzelfall bleiben sollte. Andere folgten diesem Beispiel, weil sie es schlichtweg spannend und aufregend fanden. Irgendwann wollte jeder derjenige sein, der etwas Neues entdeckt oder herausgefunden hatte. Allerdings wagte sich niemand in die Höhle hinein, weil das zu unheimlich war und es am Eingang immer noch so schlimm nach Verwesung stank. Darin fand Onuris wiederum Anlass mit seinem Mut und seiner Tapferkeit zu prahlen. Seine Frau Monifa hielt sich aus diesem Thema strikt raus, so wie sie es immer tat, wenn sich ihr Mann mal wieder für den Größten hielt.

Und wie dachten die Leute nun über das Wesen? Es war für sie jetzt wie ein extrem seltenes, exotisches Tier, das jeder einmal zu Gesicht bekommen wollte. Bei ihren Beobachtungen lauerten sie auf jedes Geräusch, auf jede kleine Bewegung in der Dunkelheit. Ihre Fantasie machte aus einem einfachen Krokodil, das im Fluss dahin schwamm, eine unbekannte Kreatur aus der Unterwelt. Und diese geheimnisvolle Einmaligkeit kam mit einem prickelnden Gefühl der Furcht. So wurde aus dem Mythos ein Sport. Natürlich machte nur eine Minderheit aus dem Dorf mit. Doch diese Minderheit nahm das Ganze ausgesprochen ernst. Jede eventuelle Spur wurde als ein möglicher Hinweis betrachtet, und Spuren konnte man im Grunde immer finden, solange man es nur genug wollte. Eines Tages kam es so weit, dass jemand gezielt Spuren legte, welche von den anderen dann voller Aufregung entdeckt wurden. Manche bemerkten allerdings schnell, dass es sich nur um gefälschte Spuren handelte, andere nicht.

Dann war es kein Geringerer als Onuris selbst, der es auf die Spitze trieb, als er sich eines späten Abends eine dunkle Decke überzog und damit in der Nähe der Höhle umherstreifte. Der Gedanke, dass ihn entdeckungsfreudige Augen aus dem Gebüsch am Nilufer beobachteten und für das Wesen hielten, reizte ihn ungemein. Aber zu seinem Ärger sah Monifa ihn, als er nach dieser Aktion mit der dunklen Decke nach Hause kam. Wenig später machten neue Berichte über das Aussehen des Wesens die Runde, und da musste Monifa nur noch eins und eins zusammenzählen. Onuris musste sich von seiner Frau ganz schön was anhören. Ein Nachbar bekam etwas von dem Ärger mit, und so kam es ans Licht, dass es Onuris gewesen war, der sich als das Wesen verkleidet hatte.

Sethos, der sich von diesem Treiben fernhielt, war auch sehr daran interessiert, sich an einem Tagesende an das Flussufer zu begeben und die Spannung des Unbekannten auf sich wirken lassen, doch er tat es nicht. Mara würde das nicht dulden, denn ihr gefiel diese Sache gar nicht. Sie wagte es kaum, sich in der Dämmerstunde noch draußen aufzuhalten, also hatte zu dieser Zeit auch Sethos zu Hause zu sein. All diese Geschehnisse machten ihr Angst. Während andere ihre Begeisterung für diesen Mythos hatten, schlief Mara unruhig.

Für Sethos stand also fest, was er zu tun hatte: Er musste seine Familie beschützen. Er musste für seine Kinder und besonders für seine besorgte Frau immer da sein, wie es sich für einen Ehemann und Vater gehörte. Seine Verpflichtung war es also, für seine Familie und um deren Sicherheit zu sorgen. Abgesehen davon, hatte er die Aufgabe, aus seinem Sohn Essam einen Fischer zu machen, denn der Sohn erlernte immer den Beruf des Vaters. Doch er sah den Jungen nicht gern auf dem Fluss. Es war die Angst vor den Krokodilen, aber auch vor anderen Gefahren, die das Wasser bewohnten. Zum Beispiel die Nilpferde. Diese eigentlich friedlichen Tiere konnten, wenn sie sich bedroht fühlten, sehr aggressiv werden. Außerdem gab es Fische im Wasser, die über giftige Stacheln verfügten. Sethos wollte seinen Sohn nur sehr ungern diesen Gefahren aussetzen, obwohl der Beruf des Fischers das verlangte. Die mögliche Anwesenheit des mysteriösen Wesens machte das ganze kein bisschen besser. Wenn Sethos manchmal seine beunruhigte Frau reden hörte, wollte er Essam am liebsten gänzlich vom Nil fernhalten. Aber wenn er dann seinen Freund Amosis sprechen hörte, fragte er sich, ob es überhaupt einen Grund zur Sorge gab. Amosis glaubte nicht an das Wesen und nahm die ganze Sache überhaupt nicht ernst. Er schmunzelte darüber, dass andere ihre Zeit aufbrachten, um mehr über diesen ganzen Irrsinn herauszufinden.

Zwischen diesem hin und her stellte sich Sethos nun die Frage, wie lange das wohl noch so gehen sollte, denn schon seit drei Wochen legten sich die Neugierigen abends auf die Lauer.

Jetzt beabsichtigte er zunächst Essam eine eigene Angel zu schenken. Für seinen Sohn würde dieses Geschenk ein guter Schritt in seinem Leben als Fischer sein, denn das war sein Weg, ob es Sethos nun gefiel oder nicht. Allerdings musste er die Angel erst einmal bauen. Einen geeigneten Stock und eine Schnur hatte er schon, aber es fehlte ihm noch ein richtiger Angelhaken. Normalerweise griff man dafür zu kleinen Knochen, gekrümmten Muschelschalen oder sogar zu Elfenbein, aber noch hatte Sethos nicht das passende Stück gefunden. Natürlich sollte es etwas Besonderes sein für seinen Sohn, etwas speziell Ausgesuchtes. Und während er in seinem Alltag danach suchte und sich in seinen Tagträumen Essams Freude über dieses Geschenk vorstellte, rollte ein anderer Vorfall unweigerlich auf ihn und das gesamte Dorf zu.

EIN HEISERES KRÄCHZEN IN DER ABENDLUFT

Die zwei Freunde Pal und Essam spielten wie immer gern zusammen. Mal zu zweit und mal mit anderen Kindern. Und wenn sie jetzt an manchen Tagen zu zweit spielten, kam es ab und an vor, dass sie sich doch tatsächlich dem Höhleneingang näherten. Gewiss gingen sie niemals direkt dort hin, aber immerhin so nah, dass ihre Eltern besser nichts davon erfahren sollten. Sie trieben weiter ihre spielerischen Betätigungen, doch schauten ständig in Richtung der Höhle. Dieser Punkt zog ihre Blicke immer wieder auf sich wie ein Magnet. Sie sahen den Eingang und hatten manchmal den Eindruck, dass es nichts als irgendein Loch zwischen Felsen in der sandigen Böschung war. Irgendwann ließ der ursprüngliche Respekt vor diesem Ort langsam nach und sie verspürten kaum noch Angst, wenn sie sich in jener Umgebung aufhielten. Da war es naheliegend, dass sie auch dichter herangingen. Und einmal kam es so weit, dass sie gänzlich davorstanden. Pal war vorausgegangen, Essam dicht hinter ihm. Und da standen sie nun, der dunkle Eingang lag nicht mal mehr 20 Meter von ihnen entfernt.

»So nah waren wir noch nie«, sagte Essam etwas zurückhaltend.

»Ja. Aber wie du siehst, ist es auch nicht weiter schlimm«, antwortete Pal ruhig.

Der Himmel war bewölkt, weshalb keine Sonnenstrahlen auf den Boden trafen. Außerdem wehte eine launische Brise, die auch mal etwas stärker wurde, um dann genauso schnell wieder abzuklingen.

Pal machte wieder einige Schritte nach vorne.

»Warte«, sagte Essam und versuchte ihn schnell wieder einzuholen. Er wollte eigentlich nicht näher heran, doch er wollte auch nicht, dass Pal seine Nervosität bemerkte. Dieser schien ihn gar nicht richtig zu beachten. Er blieb zwar stehen, doch sagte nichts und starrte ganz gebannt auf den Höhleneingang, der jetzt vielleicht nur noch 10 Meter weit weg war. Essam wartete ab. Dann stellte er sich neben seinen Freund, schaute abwechselnd auf ihn und zur Höhle, die sich da ganz still und unheimlich vor ihnen befand. Als Nächstes drehte Pal seinen Kopf nun endlich Essam zu.

»Findest du das nicht auch spannend?«, fragte er und wirkte dabei recht gelassen.

Essam wollte sich seine Unruhe nicht anmerken lassen und sagte daher: »Ja. Schon.«

»Na also«, erwiderte Pal und nun ging er langsam weiter, und zwar direkt vor den Eingang. Da folgte Essam ihm nicht mehr.

»Was ist?«, fragte Pal. »Du willst das doch auch sehen.«

»Ja«, sagte Essam zögerlich. »Aber wir erzählen das nicht unseren Eltern.«

»Nein, keine Sorge. Wir schauen uns das nur mal kurz aus der Nähe an. Das machen doch die anderen

Erwachsenen auch, also ist bestimmt nichts dabei. Wir sind ja gleich wieder hier weg.«

»In Ordnung.« Essam war dadurch zumindest ein kleines bisschen beruhigt. Also wagte er nun auch die letzten paar Schritte. Und dann stand er da. Direkt davor. Sein Blick fiel in eine völlig undurchschaubare Dunkelheit. Er konnte nichts erkennen, außer Schwarz. Was hinter dem Eingang kam, was sich dort verbarg, konnte er nicht wissen. Und dieses Gefühl, dass irgendetwas in der Verborgenheit lauern konnte, wollte ihn von dem Eingang wegstoßen.

Die Brise wurde wieder stärker.

Essams Herz schlug zwar die ganze Zeit schon rasch, doch jetzt wurde es noch etwas schneller. Die Spannung stieg in ihm merklich. Es war ein packendes Gefühl, das seinen ganzen Körper durchzog und bis in die letzte Haarspitze kroch. Doch diese aufregende Empfindung wollte sich gerade wandeln. Sein Herz schlug noch schneller. Er wusste instinktiv, dass er hier wegwollte. Aus der Aufregung wurde jetzt ganz deutlich eine Angst!

»Was meinst du?«, fing Pal dann auf einmal an. »Wie weit geht es da wohl rein?«

Essam trat einen Schritt von dem bedrohlichen Loch zurück. »Das will ich gar nicht wissen«, antwortete er. Und er wollte es wirklich überhaupt nicht wissen. Doch Pals Frage löste in ihm die Vorstellung von dem Inneren der Höhle aus, wo es stockdunkel war, eng und vielleicht feucht. Wo an den Wänden und an der Decke kleines Getier krabbelte, das man lieber nicht berühren wollte, und wo man unter unvorstellbar schweren Massen von Sand, Gestein und Erde begraben war. Nein, das wollte er sich wirklich nicht vorstellen.

Moment. War da nicht gerade ein Geräusch ertönt, das direkt aus der Höhle kam? Das Geräusch von einem Schritt auf kleine Steinchen? War das möglich, oder hatte Essams Fantasie ihm einen Streich gespielt?

»Hast du das auch gehört?«, fragte Pal im Flüsterton.

Also war es keine Einbildung!

»Ich glaube, da ist etwas«, bemerkte Pal und hatte offenbar weitaus weniger Angst als sein Freund, der ganz bange einen weiteren Schritt nach hinten machte.

»Pal, lass uns gehen!«, flüsterte dieser und seine Lippen fingen an zu zittern.

»Ich frage mich, was das war.« Pal war immer noch aufgeregt von dieser Sache. Doch mit einem Schlag bekam auch er ein beklemmendes Gefühl, als sich plötzlich etwas in der Höhle zu bewegen schien. Etwas Großes! Da war ein Rascheln. Und dann ein dumpfes Brummen wie von einem großen Tier, das gleich darauf schwer auf den Boden stampfte. Auf den Schritt folgte rasch ein weiterer und noch einer! Essam lief es kalt den Rücken runter, als ihn der Schrecken packte und er nur noch an Flucht dachte! Die beiden wandten sich so zügig um, wie noch nie zuvor und rannten, so schnell ihre kindlichen Beine sie trugen! Ein röchelndes Schnauben drang von hinten an Essams Ohren, wobei sich ihm die Haare sträubten. Das Wesen schnellte noch dicht hinter ihm aus der Höhle - groß und mit schweren, aber viel zu schnellen Schritten! Das nahe Schnaufen trieb seine Panik auf die Spitze. Er drehte sich nicht um und hetzte immer weiter. Für ihn gab es kein Rechts, kein Links und schon gar kein Hinten. Mit einem Tunnelblick nahm er nur noch das Geradeaus wahr und stürmte vorwärts mit dem einzigen Verlangen, sein zartes Leben zu retten. Wo Pal war, wusste er nicht. Auch konnte er nicht genau sagen, ob das Wesen noch hinter ihm war. Was er aber ganz sicher wusste, war, dass es ihm ausgesprochen leidtat, nicht auf seinen Vater gehört zu haben und sich der Höhle genähert zu haben.

Das Dorf erschien vor ihm, und als er es endlich erreichte, wagte er einen schnellen Blick zurück. Da war nichts mehr hinter ihm, nur Pal bemerkte er in seinem Augenwinkel, der nun ebenfalls langsamer wurde. Sie trabten noch weiter, rangen dabei nach Luft und liefen direkt in ihr jeweiliges Zuhause. Essam passierte die hölzerne Eingangstür und traf im Haus auf seine Mutter und seine zwei kleinen Schwestern. Mara schaute ihn äußerst erschrocken an, als sie sein rotes Antlitz und seinen verstörten Gesichtsausdruck sah. Ihr Sohn hatte Tränen in den Augen und war total außer Atem. Obwohl die Gefahr vermutlich vorüber war, fühlte er sich erst in den Armen seiner Mutter halbwegs sicher. Und da fing er dann an zu weinen. Dabei kam nur immer wieder ein wehleidiges Ächzen aus seinem Mund, denn er hechelte noch immer stark.

»Bei Isis! Essam, was ist passiert?«, fragte sie sorgenvoll und drückte ihn an sich. Ihre zwei Töchter standen daneben und wussten nicht recht, was sie sagen oder tun sollten. Da kam Sethos von draußen dazu. Er hatte sich hinter dem Haus befunden, von wo aus er Essam nicht sehen konnte, als dieser nach Hause kam. Doch eben hatte er die Worte seiner Frau gehört und wusste, dass etwas nicht stimmte. Er blieb kurz im Türrahmen stehen und ließ das Bild auf sich wirken, wie Essam weinend in Maras Armen lag, der auch gleich die Tränen kamen. Dann eilte er zu ihnen und legte seine Hand behutsam auf Essams Kopf. Als er ihn so sah, musste er an die vier Menschen denken, die ihm genauso panisch begegnet waren, zu jener Zeit. Dabei hoffte er inständig, dass Essam nicht das gleiche widerfahren war.

Dieser beruhigte sich nun allmählich und wischte sich die Tränen von den Wangen.

»Ich war mit Pal ... am Fluss«, fing er an mit zittriger Stimme. »Wir haben gespielt.«

»Und dann?«, wollte Sethos wissen. Er konnte sich nicht verkneifen, diese Frage zu stellen, er musste wissen, was geschehen war.

»Dann ... sind wir in die Nähe von ... der Höhle gegangen.«

Mara schaute betroffen zu ihrem Mann auf.

»Oh nein«, stöhnte dieser. Ihm gefiel es gar nicht, dass die Höhle etwas damit zu tun hatte, und Mara gefiel es noch weniger.

»Wir sind ganz nah herangegangen. Bis vor den Eingang.«

Da packte Sethos ihn am Arm, als wollte er sichergehen, dass keiner ihm seinen Sohn wegnehmen konnte.

»Wir waren neugierig.« Er begann wieder mehr zu schluchzen. »Wir wollten gleich wieder weggehen. Aber da war etwas ... in der Höhle. Es kam mit großen Schritten auf uns zu ... und hat so furchtbare Geräusche gemacht. Dann sind wir weggerannt.«

Sethos schaute schockiert auf seine Töchter, die immer noch still danebenstanden. Er musste irgendwie das Gehörte verarbeiten. Essams Arm lag weiterhin fest in seinem Griff.

»Isis, steh uns bei!«, sprach Mara.

»Bist du verletzt?«, fragte Sethos schnell.

»Nein.«

»Und Pal? Geht es ihm gut?«

»Ja. Er ist auch zu Hause.«

Wut und Verärgerung stiegen in Sethos auf. »Warum hast du nicht einfach auf mich gehört? Warum seid ihr dahin gegangen?«

»Wir waren neugierig«, wiederholte Essam kümmerlich.

»Neugierig?! Ihr hättet schwer verletzt sein können oder gar noch Schlimmeres!«

»Mach so was nie wieder, Essam!«, versetzte Mara mit leiser Stimme.

Eine Stille trat ein.

Dann stellte Sethos fest: »Es gibt jetzt also keinen Zweifel mehr - das Wesen existiert!«

»Und es ist sehr gefährlich«, fügte Mara hinzu.

»Hast du gesehen, wie es aussah?«, fragte Sethos.

»Nein«, antwortete Essam. »Ich habe es nur gehört.« Dabei erinnerte er sich an die hastigen Schritte hinter ihm und an die grausigen Laute und er befürchtete, dass das Einschlafen in den kommenden Nächten sehr beschwerlich würde. Wenn er sich in den Moment der Flucht hineinversetzte, als er das Grauen hinter sich hatte spüren können, dann empfand er wieder Angst. Er scheute sich davor, das Erlebte gedanklich zu durchlaufen.

Als Nächstes waren Schritte auf dem trockenen Erdboden draußen zu hören. Da kam jemand.

»Hallo?« Das war Amosis' Stimme. »Sethos? Mara?«

»Ja«, erwiderte Sethos und ging gleich an die Tür. Als er sie öffnete, standen da Amosis, seine Frau und der Sohn Pal, der ähnlich fertig aussah, wie Essam. Sie begrüßten sich und Sethos fragte Pal, ob es ihm gut ginge.

»Ja«, sagte er kleinlaut.

Und seine Mutter merkte an: »Er kam komplett panisch zu uns. Wir sind alle so erschrocken.«

»Deswegen kommen wir zu euch«, fügte Amosis hinzu. »Um zu sehen, wie es eurem Sohn und euch geht.«

»Nun ja, es geht uns genauso wie euch. Aber kommt doch erst mal herein!«

Sie gingen alle ins Haus und suchten sich entweder einen Sitzplatz auf dem Boden oder blieben stehen.

»Also, was ich mich frage«, fing Amosis gleich an, »ist, was für ein Tier das war. Es kann weder ein Krokodil noch ein Nilpferd gewesen sein, denn laut Pal kam es aus der Höhle.«

Da konnten Essam und Pal nur bestätigend nicken.

»Krokodile und Nilpferde halten sich doch nie in Höhlen auf.«

»Und sie geben nicht solche eigenartigen Laute von sich«, sagte Pal ergänzend.

»Weißt du, was ich glaube, Amosis?«, sprach Sethos. »Ich glaube, dass es dieses sagenumwobene Wesen *wirklich* gibt! Das ist jetzt eine todsichere Tatsache. Oder glaubst du immer noch nicht daran?«

»Doch. Mir ist es jetzt auch klar.«

Sethos war erleichtert zu hören, dass Amosis nicht weiter auf seiner Abstreiterei bestand.

»Doch. Ich weiß jetzt, dass dieses Wesen tatsächlich existiert. Und auch wenn ich nicht weiß, was genau es ist, werde ich trotzdem alles daransetzen, es zu töten!«

›Jetzt hat er den Verstand verloren‹, war der erste Gedanke, der Sethos kam, als er diesen Beschluss seines Nachbarn und Freundes hörte.

»Deine Hilfe werde ich dabei natürlich brauchen, Sethos«, fuhr dieser fort und seine Frau schaute ihn mit großen Augen an. Außer Amosis war wirklich niemand im Raum, der von dieser Entscheidung in irgendeiner Form begeistert war.

»Wie stellst du dir das vor?«, fragte Sethos. »Wir würden einer unbekannten Gefahr entgegentreten.«

»Ja, aber wir reden schließlich von einer Gefahr, die unsere Kinder jagt, und so etwas darf keinesfalls nochmal passieren!«

In dieser Hinsicht konnte Sethos nicht widersprechen. Er dachte nach.

Dann durchbrach Amosis' Frau die Stille: »Ich will nicht, dass du das tust - oder dass ihr beide das tut.«

»Ja, es ist zu gefährlich«, sagte Mara. »Seht ihr denn nicht, was das Wesen mit Pal und Essam gemacht hat? Ihr könnt nicht einfach losgehen und hoffen, dass ihr es irgendwie überwältigen könnt. Dieses Tier ist nicht gewöhnlich. Es kommt aus dieser seltsamen Höhle. Vielleicht ist es eine Art Dämon, der aus der Unterwelt stammt und von den Göttern geschickt wurde, um uns zu bestrafen. Und seinen Weg aus der Unterwelt hat er durch die Höhle gefunden.«

Wieder trat nachdenkliches Schweigen ein, bis Mara zu dem Schluss kam: »Dieses Tier ist ein Monster.« Sie sagte es leise, aber dennoch mit enormer Bestimmtheit.

Draußen wurde es dunkel.

»Wie auch immer«, sagte Amosis dann. »Ich meine nur, dass wir etwas tun müssen. Das kann so nicht bleiben.«

Da! Ein heiseres Krächzen in der Abendluft. Die Erwachsenen blickten verwundert drein, als das Geräusch aus der Ferne an ihre Ohren drang, während Pal und Essam sich erschrocken anschauten.

Der fürchterliche Laut erklang noch einmal. Die beiden Jungen durchzuckte wieder die Angst. Sie hatten sich nicht verhört, sie wussten, was das war.

»Das Monster ist da draußen«, sagte Essam und schaute hilfesuchend seine Eltern an. Als Erster ging Amosis nach draußen, dann folgte Sethos und schließlich die zwei Mütter mit den Kindern. Wieder hörten sie die Laute, die entweder wie ein brüllendes Tier klangen oder aber wie ein schreiender Mensch. Das Monster musste schätzungsweise einen Kilometer entfernt sein, in der Richtung, aus der Pal und Essam vorhin geflohen kamen. Sethos' Sohn stellte sich vor, wie in genau diesem Moment irgendwo dort das Monster umherstreifte. Und er hatte wieder die Höhle vor Augen. Der tiefschwarze Eingang, vor dem er erst heute gestanden hatte und in dessen Nähe er nicht nochmal geraten wollte.

Seine Mutter Mara sagte verängstigt: »Was machen wir nur?«

EINE VERSAMMLUNG AM DORFRAND

Die beiden Familien waren bald zu Bett gegangen, nachdem die Laute des Monsters endlich verstummt waren. Was blieb ihnen auch anderes übrig? Nach den Ereignissen dieses Tages konnten sie alle nicht gut schlafen. Essam hatte seine Schilfmatte extra zwischen die seiner Eltern gelegt, um dort zu nächtigen. Als er morgens aufwachte, waren sie beide schon aufgestanden. Sie hatten ihn noch nicht geweckt, um ihm den erholsamen Schlaf zu gönnen. Jetzt beschäftigten sich Mara und Sethos gerade mit der Bereitung des Frühstücks auf dem Dach ihres Hauses. Da bemerkte Sethos mehrere Dorfbewohner, die zwischen den Häusern entlangliefen. Soweit nichts Ungewöhnliches. Doch anhand ihrer Gesichter konnte man erkennen, dass sie entweder besorgt oder sogar wütend waren. Sie redeten miteinander und die besonders Aufgebrachten unter ihnen, gestikulierten dabei wild umher, als wollten sie lästige Fliegen verscheuchen. Sethos konnte die Worte ›Diebe‹ und ›letzte Nacht‹ heraushören.

»Mara, ich gehe mal eben nach unten«, informierte er seine Frau. Also tat er das. Unten war die erste Person, auf die er stieß, Amosis, der ihn mit gerunzelter Stirn begrüßte.

»Du siehst aus, als wüsstest du, was hier los ist«, sagte Sethos.

»Allerdings weiß ich das. Es hat im Dorf mehrere Diebstähle gegeben. Einer der Getreidespeicher ist komplett leergeräumt worden. Noch bevor die Sonne aufging, hat jemand nachgeschaut, ob sich nicht wieder die Mäuse daran zu schaffen machen und dabei entdeckt, dass die letzten Vorräte der vergangenen Ernte geklaut wurden! Es war kein Korn mehr in dem Speicher, ich habe es selbst gesehen!«

»Sind noch mehr Getreidevorräte gestohlen worden?«

»Nein, zum Glück nur einer. Das können wir noch verkraften. Wir haben alle anderen Speicher kontrolliert. Aber es sind leider noch andere Dinge verschwunden.« Amosis nahm seine Kopfbedeckung ab (jene, von deren Art viele von den Ägyptern getragen wurden, um Kopf und Nacken vor der Sonne zu schützen). Er rieb mit der Hand über seine Glatze und schaute zu Boden. »Der Schäfer Fenuku vermisst eines seiner Lämmer. Es ist spurlos verschwunden.«

»Na so was«, erwiderte Sethos gedankenversunken. Er stellte sich die Schafherden vor, wie sie über die Äcker getrieben werden. Denn jetzt, in der Zeit der Aussaat, ließ man die Schafe auf die Felder laufen, sodass sie die ausgestreuten Samen mit ihren Hufen in die Erde trampelten.

»Außerdem habe ich gehört, dass jemand seinen Esel nicht mehr finden kann«, fuhr Amosis fort und setzte die Kopfbedeckung wieder auf. »Das Tier muss wohl schon alt und schwach gewesen sein, es klingt also nach der Tat eines Raubtieres.«

Sethos wachte aus seinen Tagträumen auf und schaute Amosis an. »Ich kann dir sagen, was für ein Raubtier das war: Es war kein Geringeres als das Monster!«

»Ja, ja«, murmelte Amosis. »Und genau deswegen müssen wir etwas dagegen unternehmen.«

»Weißt du, was ich jetzt unternehmen werde? Ich werde erst mal in Ruhe frühstücken.«

»Gute Idee. Aber«, Amosis hob mahnend den Zeigefinger, »ich werde nochmal darauf zurückkommen.«

»Ich weiß. Vor dir ist man nicht sicher.«

Grinsend ging Amosis und so auch Sethos. Seine Familie saß schon versammelt auf dem Hausdach und nahm die Mahlzeit ein. Als Sethos sich zu ihnen setze, fragte er seinen Sohn: »Wie geht es dir heute, Essam?«

Gerade trank er Milch aus einem Becher, und als er absetzte, antwortete er: »Schon etwas besser, Vater.«

Sethos nickte.

»Was gibt es denn Neues im Dorf?«, fragte Mara ihren Mann.

Dieser überlegte, ob er in Gegenwart seiner Kinder wirklich von den Vorfällen erzählen sollte. Er entschied sich dafür, dass die Kinder diese schlechten Neuigkeiten nicht hören mussten.

»Ach, es gab Ärger mit ein paar Mäusen in einem der Getreidespeicher«, log er. Später wollte er Mara unter vier Augen die Wahrheit verraten. Doch es stand ziemlich sicher fest, dass auch die Kinder früher oder später davon erfahren würden.

Als Sethos danach zum Arbeiten ging, kam Essam wieder mit. Sie begaben sich an einen Steg am Nilufer und warfen Angeln aus. Kein Wind wehte und die Sonne schien, sodass es immer wärmer wurde. Ab und zu kamen Menschen auf Papyrusbooten vorbei und auf der anderen Flussseite, in beträchtlicher Entfernung, nahm eine Gruppe Nilpferde ein Bad. Hier war es ruhig. Die gefährliche Höhle lag gute zwei Kilometer weit weg in nördlicher Richtung und nur die Hitze störte ein bisschen. Nachdem Essam den ersten Fang gemacht hatte, fand er Gefallen am Angeln, was seinen Vater erfreute. Der dachte an die Angel, die er ihm schenken wollte, für die er aber noch immer nach dem geeigneten Haken Ausschau hielt.

Die Geduld, die sie heute aufbrachten, zahlte sich aus, denn sie fingen ein gutes Dutzend Fische. Damit hatten sie recht gute Arbeit verrichtet.

Der Abend legte sich allmählich über das ägyptische Pharaonenreich. Vogelschwärme flogen ihre letzten Runden über die Felder und die Menschen gingen nach Hause. So auch Sethos und Essam, die schon von Mara erwartet wurden. Zum Abendessen gab es Brot, Fisch und dazu Gemüse. Und als sie gerade mit der Mahlzeit fertig waren, klopfte es an der Tür. Amosis war es. Er wollte sie auf die Menschenmenge hinweisen, die sich gerade vor dem Dorf versammelte. Um zu schauen, was dort los war, gingen sie hin (nur die Kinder blieben im Haus zurück). Die Schar stand nördlich vom Dorf und schaute in die Richtung, aus der gestern die gruseligen Laute gekommen waren. Schon war klar, welche Leute sich hier hauptsächlich versammelt hatten: die Neugierigen, die normalerweise die Höhle beobachteten. Aber nach den schrecklichen Geräuschen am vorigen Abend, traute sich keiner mehr so nah heran, was wohl ihr Glück war.

Hier standen sie also zwischen Feldern und vereinzelten Palmen, neben ihnen ein schmaler, flacher Bewässerungskanal, von denen es viele gab. Sethos, Mara und Amosis kamen dazu, doch waren sich nicht sicher, ob sie auch dazu gehörten. Alle schauten, lauschten, unterhielten sich und warteten, dass irgendetwas passieren würde. Sie hofften, dass ihre Entdeckerfreude nicht ungesättigt bleiben sollte. Sethos hörte aus den Unterhaltungen heraus, dass das verschwundene Lamm und der Esel noch nicht gefunden waren. Er horchte weiter, bis auf einmal eine Frau die Stimme hob und sagte: »Moment mal, schaut dort! Was ist das?« Sie zeigte zum Nil. Irgendetwas schien dort im Strauchwerk zu sein. Fast 200 Meter entfernt war die Stelle des Flussufers, auf die sie zeigte. Und plötzlich sah Sethos es auch. Bewegungen im Gebüsch! Er konnte Rascheln und knackende Zweige hören. Ein Tier ging durch das Dickicht, und es musste ein großes Tier sein, so viel stand fest! Alle starrten mit großen Augen dorthin, die Gespräche waren längst verstummt. Obwohl man es nicht sehen konnte, wirkte es schwerfällig, wie es da durch die Sträucher trottete. Nur langsam kam es voran und stieß dabei leicht an jeden einzelnen Strauch. Dann war es abrupt still. Das Gebüsch bewegte sich nicht mehr. Angestrengt starrte Sethos auf den Punkt, wo das Tier gerade stehengeblieben sein musste. Selbst die Vögel gaben keinen Laut mehr von sich. Sekunden verstrichen. War es plötzlich verschwunden? Oder hatte es seine zahlreichen Beobachter bemerkt? Sethos beschlich mehr und mehr der Gedanke, dass es das Monster sein konnte. Auf einmal fühlte er sich beobachtet. Schauten ihn gerade die Augen einer unbekannten Kreatur aus dem Strauchwerk an? Mit einem Mal kam eine Art Röcheln aus der Richtung und das Rascheln setzte wieder ein. Ein knackender Zweig. Sethos stellte sich darauf ein, zu rennen, sollte das Etwas aus dem Dickicht hervorpreschen. Doch anhand der Bewegungen konnte er erkennen, dass es weiter durch das Gebüsch lief. Doch dann wechselte die Vegetation zu hohem Gras mit einigen Palmen, und das mysteriöse Tier offenbarte sich den Blicken der Menschen, die schon zu lange hier standen! Was auch immer es war, es musste tatsächlich höher sein als ein Mensch. Das fahle Dämmerlicht ließ nicht mehr erkennen als eine schwarze Silhouette. Das Wesen schien aufrecht zu gehen, doch hatte einen krummen Buckel und wirkte irgendwie klapprig, aber gleichzeitig bullig. Sethos wagte es kaum zu atmen. Er versuchte einen Krokodilkopf auszumachen, doch dafür war es schon zu dunkel. Mitten in der Undeutlichkeit des hohen Grases und den zerstreuten Ansammlungen von Palmen blieb die Silhouette stehen. Unmittelbar danach ertönte weithin hörbar ein heiserer Schrei, der den Menschen das Blut in den Adern gefrieren ließ. Es war der schaurige Laut des Monsters, den sie schon gestern gehört hatten! Nur diesmal war er näher, deshalb lauter und deutlicher. Jetzt war es den neugierigen Beobachtern zu viel. Sie rannten weg. Aber Sethos blieb stehen, sein ernster Blick starr nach vorne gerichtet.

›Das Monster!‹, dachte er sich. ›Ich habe es zu Gesicht bekommen.‹

Von hinten nahm jemand seine Hand und wollte ihn wegziehen. Er drehte sich um und sah Mara mit flehendem Gesicht.

»Sethos, komm!«, forderte sie ihn auf.

Doch er hielt inne und schaute seinen Freund Amosis an, der auch noch nicht die Flucht ergriffen hatte. Stattdessen stand er unerschrocken da, ballte die Fäuste und knirschte mit den Zähnen, während das vielfältige Gelärme des Monsters vom Nilufer ertönte.

»Weg hier, Amosis!«, sagte Sethos. Noch ein flüchtiger Blick zur Silhouette, die starr und unverändert dastand und dann eilte Sethos hinter Mara, gefolgt von Amosis in den Schutz des Dorfes. Die Geräusche des Monsters schallten immer noch in ihrer vollen Schrecklichkeit über die Ebene.

Am Dorf angekommen, wechselten sie zu einem normalen Gang. Hinter Hausecken sagten aufgeregte Stimmen Sätze wie: »Was war das denn?!«, oder »Das Wesen gibt es ja wirklich!«.

Am Haus angekommen, hielt Sethos seine Frau an: »Warte! Geh noch nicht ins Haus, die Kinder sollen das doch nicht hören.«

»Du hast recht.«

Amosis blieb bei ihnen vor ihrem Haus stehen.

»Das war es also …«, fing Amosis an.

»Das Monster«, fuhr Sethos fort.

»Also wie ein Eseldieb sah es ja nicht gerade aus«, sagte Amosis mit einer leichten, aber unangebrachten Scherzhaftigkeit. »Aber jetzt haben wir immerhin schon einen Eindruck, womit wir es da zu tun haben.«

»Na ja, aber nur sehr grob«, musste Sethos anfügen.

»Jedenfalls kann ich nur nochmals betonen, dass meine Familie in der Dämmerung zu Hause zu sein hat«, sagte Mara und schaute Sethos dabei eindringlich an. »Das gilt für dich, genauso für mich und für unsere Kinder!«

»Ja, das ist das Beste für uns«, bestätigte Sethos.

Die krächzenden Laute hörten sie weiterhin, doch sie schienen sich langsam zu vereinzeln.

»Das war ja wieder ein Erlebnis«, seufzte Amosis und hob die Augenbrauen. Er pustete die Luft aus und schüttelte den Kopf. »Ich gehe jetzt lieber nach Hause.«

»Ja, tue das«, sagte Mara.

»Bis morgen«, sagte Sethos und Amosis verschwand hinter dem Haus von Mara und Sethos, denn dort stand sein Heim. Im nächsten Moment kam Essam aus der Haustür. Wieder war sein Gesicht von Angst gezeichnet.

»Das Monster ist wieder da draußen.«

Mara nahm ihn in den Arm und sagte tröstend: »Ja, wir hören es. Aber im Haus sind wir sicher.«

Und so gingen sie hinein.

Die Nacht war hereingebrochen, Sethos lag im Wohnraum auf seiner Schilfmatte. Zu seiner linken lagen Essam, dahinter Mara und schließlich seine jüngere Tochter. Zu seiner Rechten lag die ältere Tochter. Er versuchte zu schlafen, doch Maras Worte ›im Haus sind wir sicher‹ gingen ihm nicht mehr aus dem Kopf. Gewiss waren sie *im* Haus sicher, doch der Gedanke, dass das Monster draußen *um* das Haus schleichen konnte, bereitete ihm Sorgen. Er wusste nicht, was draußen, während er seelenruhig schlief, im Schutz der Dunkelheit beim Grillengezirpe passierte. Was sich zwischen den Häusern und den vereinzelten Sträuchern und Palmen, die hier und da standen, bewegte. Er wusste es nicht. Und diese Lücke der Unwissenheit füllte sein Kopf mit Vorstellungen. Ihm schwebte wieder der Anblick der Silhouette vor, doch diesmal, wie sie durch das Dorf stapfte, irgendwie klapprig, aber gleichzeitig bullig. Und war das nicht durchaus möglich? Denn schließlich hatte sich das Ungeheuer letzte Nacht auch dem Dorf genähert, als es die Diebstähle beging.

Sethos lauschte. Er hörte das gleichmäßige Atmen seiner Familie. Ansonsten drang das Zirpen der Grillen durch die zwei kleinen Fenster des Wohnraumes, die sich knapp unter der Decke befanden, wodurch die drückende Wärme gut entweichen konnte. Mehr war aus dem Freien nicht zu hören. Doch er merkte, dass er das Lauschen lieber lassen sollte, weil ihm seine Fantasie Geräusche von draußen vorspielen konnte, die gar nicht da waren.

Er versuchte zur Ruhe zu kommen. Irgendwann schlief er ein.

DER ALTE ESEL

Am nächsten Tag befand sich Sethos wieder am Nil. Er fing Fische - heute allerdings mit einem Speer und ohne die Hilfe seines Sohnes. Essam wurde heute zur Abwechslung an einem anderen Ort beschäftigt: Er half beim Wiederherrichten von Bewässerungskanälen, die ständige Reparaturen benötigten.

Sethos war also auf sich allein gestellt. Nahe des Ufers stand er an einer flachen Stelle im Fluss. Er beobachtete sorgfältig das Wasser und hielt in der rechten Hand den Speer. Dies war eine Arbeit, die er am Beruf des Fischers nicht besonders mochte. Das kalte Wasser reichte ihm manchmal bis an die Knie und kühlte nach minutenlangem Stehen seine Füße und Unterschenkel aus. Im Prinzip musste er hauptsächlich warten, wie beim Angeln, aber hier war es deutlich anstrengender. Und schwamm ein Fisch nah genug heran, so musste er schnell und präzise sein.

Und nun stellte sich noch die Frage, ob es hier nicht gefährlich war, angesichts des Monsters. In der Tat war es bedenklich für Sethos hier zu sein, doch nicht nur für ihn, sondern für alle Fischer und Leute, die sich am und auf dem Nil bewegten. Das Monster war nun eine Bedrohung. Seit gestern Abend wusste das jeder im Dorf.

Doch sie gingen optimistisch davon aus, dass der Sonnengott Ra das Böse schon fernhielt, solange die Sonne über Ägypten schien. Erst wenn sie unterging, kam die finstere Gestalt aus ihrem Versteck hervor. Aber in Anbetracht der Tatsache, dass die vier, die dem Monster zuerst begegnet waren und auch Pal und Essam am späten Nachmittag angegriffen wurden, konnte man sich da nicht sicher sein. Das Ungeheuer war also schon zum Vorschein gekommen, als die Sonne noch nicht untergegangen war. Daher war es nun allgemein wichtig, wachsam zu bleiben und Ausschau zu halten.

Gerade näherte sich Sethos ein Barsch. Langsam hob er den Speer, bereit zum Zustechen. Er ließ den Fisch nicht mehr aus den Augen. Konzentriert wartete er auf den passenden Moment. Gleich konnte es so weit sein. Gleich konnte der Barsch nah genug herangeschwommen sein. Doch er schien zögerlich auf einer Stelle zu schwimmen oder sich von der Strömung treiben lassen, wodurch er sich von dem Fischer, der da auf ihn lauerte, wieder entfernte. Schließlich drehte sich der Fisch gänzlich um und schwamm einfach davon. Sethos ließ den Speer langsam sinken, als ihn plötzlich etwas Hartes, mit Haaren besetztes am Bein berührte. Er fuhr erschrocken herum und zuckte gehörig zusammen, wobei er nach hinten stolperte. Ein leiser Schrei des Entsetzens entfuhr ihm dabei ungewollt. Da schwamm etwas Großes, Dunkles im Wasser! Er fiel fast hin, als er so schnell wie möglich durch das plätschernde Wasser ans Ufer strauchelte. Sobald er aus dem Wasser kam, drehte er sich nochmal um und sah, dass sich das Etwas nicht bewegt hatte. Trotzdem wollte er rennen! Doch er hielt inne, denn er erkannte, was da im Fluss trieb.

›Das ist doch ein Esel!‹, war sein Gedanke. Und tatsächlich. Graues Fell, vier Beine und ein Kopf mit langen Ohren. Sethos dachte an den alten Esel, der seit gestern Morgen als verschwunden galt. Das musste er sein. Das Fell war völlig durchnässt und blutige Wunden klafften an den Flanken des Tieres. Es sah furchtbar aus.

»Sethos?«, fragte eine Stimme hinter ihm. Da kam ein anderer Fischer, der sich ganz in der Nähe aufgehalten hatte.

»Ist alles in Ordnung?«, wollte er wissen, denn er hatte Sethos gehört.

»Oh, gut, dass du kommst. Schau nur, was da im Wasser treibt!«

Der Fischer beäugte den Kadaver mit offenem Mund. »Ich glaube es ja nicht«, sagte er. »Das ist der alte Esel!«

»So ist es, fürchte ich«, bestätigte Sethos.

»Das arme Tier sieht ja schlimm aus«, sagte der andere Fischer.

Und von diesem Kadaver wurde Sethos eben berührt. Als er daran dachte, durchzuckte ihn ein Schauder vor Abscheu.

»Ich denke, dass es das Monster war, das ihn so zugerichtet hat. Was meinst du?«, fragte Sethos seinen Kollegen.

»Gut möglich. Aber sieh doch nur, es hat ihn gar nicht gefressen. Das könnte bedeuten, dass es …«

»Dass es ihn nur aus Vergnügen getötet hat«, schloss Sethos. Die beiden Männer schauten sich besorgt an. Sie schwiegen.

Dann durchbrach der andere Fischer die Stille: »Vielleicht können sich die Krokodile noch daran erfreuen. Aber wenigstens ist *etwas* von den verschwundenen Dingen wieder aufgetaucht. Denn letzte Nacht hat es wieder Diebstähle gegeben.«

»Wirklich?« Sethos war erschrocken, das zu hören. »Davon weiß ich noch gar nichts. Wurden wieder Getreidevorräte geplündert?«

»Nein, das nicht. Diesmal ist der Dieb in einige Häuser eingebrochen und hat von dort Vorräte geklaut.«

Sethos wünschte sich, dass das nicht wahr wäre. »Oh nein …«, brachte er leise hervor.

»Mehrere Leute haben gesehen, dass bei ihnen Brot fehlt, oder Datteln und Feigen. Es sind zwar nur Einzelfälle, aber das ist schon bedenklich.«

»Allerdings. Aber haben die Betroffenen denn nicht bemerkt, dass da jemand oder etwas in ihr Haus kam?«

Der andere Fischer kratzte sich den Kopf. »Das habe ich mich auch schon gefragt. Aber niemand hat davon etwas erzählt, also nein, bestimmt nicht.«

So standen nun also die Dinge. Sethos widmete sich wieder dem Fischfang und sein Kamerad ging wieder zu seiner Arbeit. Der tote Esel war inzwischen schon weiter flussabwärts getrieben worden, sodass er nicht mehr zu sehen war. Die Gedanken kreisten in Sethos' Kopf. Heute fing er keinen einzigen Fisch mehr. Er starrte nur noch vor sich hin und grübelte. Das Monster brach also in Häuser ein. Aber vielleicht war es ja am Ende doch ein ganz anderer Dieb - ein harmloser. Wenn man allerdings die jüngsten Ereignisse betrachtete, galt das als sehr unwahrscheinlich. Seine Familie musste Sethos um jeden Preis beschützen. Aber wie, wenn er nicht mehr in den eigenen vier Wänden vor dem Eselmörder und Lammentführer sicher war?

Als er wieder zu Hause ankam, sprachen seine Kinder über das Thema. Natürlich hatten sie davon erfahren, entweder beim Spielen mit anderen Kindern oder durch Gespräche der Erwachsenen. Die Vorfälle befanden sich zurzeit in aller Munde. Von der Sichtung des alten Esels berichtete er nicht - selbst gegenüber Mara verlor er kein Wort darüber, denn er wusste, dass sie sowieso besorgt oder sogar ängstlich war.

Und auch er selbst blieb jetzt nicht mehr von der Angst verschont. Diese hielt ihn wach, als es Nacht wurde. Er lag still da und schaute an die Decke des Wohnraums. Er versuchte abzuschätzen, ob er und die anderen hier im Haus wirklich sicher waren. Vielleicht wagte sich das Ungeheuer nur in die äußersten Häuser am Rande des Dorfes. Denn das Haus von Sethos und seiner Familie befand sich nahezu im Mittelpunkt. Aber dieser Gedanke konnte die Sorgen kaum lindern. Wenn eines sicher war, dann, dass es keine Sicherheit gab.

Sethos schloss die Augen. Als Nächstes fiel ihm ein, dass jene, die letzte Nacht bestohlen worden waren, nichts von dem Eindringling gemerkt hatten. Er wusste nicht recht, ob es gut oder schlecht war, vom Monster nicht geweckt zu werden, wenn es denn kam. Die Vorstellung, dabei zu schlafen, war mindestens genauso schlimm, wie die Vorstellung, dabei aufzuwachen.

Wieder fing Sethos an zu lauschen. Er hörte das Atmen seiner Familie und das Zirpen der Grillen, nichts Beunruhigendes. Da draußen war nichts weiter. Hoffentlich. Er stellte sich vor, wie er selbst sich im Freien befand. In seiner Fantasie ging er jetzt bei Nacht durch das Dorf und hatte dabei das große Verlangen, schnell in ein Haus zu gehen, um sich dort zu verstecken, vor geheimnisvollen Augen, die ihn in der Dunkelheit verfolgten. Er stellte sich vor, dass er die Schritte des Monsters hörte, das durch den Ort wandelte und nach Beute suchte. Er stellte sich die röchelnde Atmung des Wesens vor, während er selbst versuchte, keinen Mucks von sich zu geben. In seiner Vorstellung stand er ganz still an einer Hauswand und nach den Geräuschen, musste sich das Monster auf der anderen Seite des Hauses befinden. Jetzt ging es um das Gebäude herum, die Schritte kamen ganz deutlich näher, das Keuchen wurde lauter. Gleich musste es um die Ecke kommen und Sethos musste entweder rennen oder regungslos stehen bleiben in der Hoffnung, dass es ihn nicht sehen würde. Da öffnete er die Augen und befand sich wieder in der Realität. Er war gewissermaßen verängstigt von seiner eigenen Vorstellungskraft. Und ihm war klar, sollte er die Geräusche aus seiner Imagination *wirklich* hören, würde er sich zu Tode erschrecken. Doch es war nur das Zirpen der Grillen, das von draußen an sein Ohr drang. Und jetzt bellte noch irgendwo ein Hund. Aber warum bellte er? Irgendetwas musste er wittern. Da draußen musste etwas sein, was ihn zum Bellen veranlasste. Sethos sagte sich, dass es nichts zu bedeuten hatte und versuchte ruhiger zu werden. Es dauerte noch, bis er den Schlaf fand.

WARTEN AUF DEM DACH

Als die Sonne aufging, offenbarte sie Schlimmes. Schockiert mussten die Bewohner des Dorfes feststellen, dass wieder eines der Tiere betroffen war. Es war eine Katze! Und sie war tot. Am Rand des Ortes steckte ein gerader Stock im Boden, und darauf war die Katze aufgespießt. Die Leute standen ringsherum und waren von dieser Abscheulichkeit entsetzt. Es war wie ein Monument des Terrors, das aus dem öden, sandigen Erdboden neben vereinzelten Grasbüscheln hervorragte. Und niemand traute sich den Stock, an dem das Blut des grausam verendeten Tieres klebte, anzufassen und ihn zu entfernen. Stattdessen standen sie da und waren traurig, wütend oder auch ängstlich. Spätestens jetzt wussten sie alle, dass sie es mit einem Problem zu tun hatten, das todernst war! Sie trauerten um das Leben der Katze und fürchteten um ihr eigenes.

Selbstverständlich war auch Sethos mit seiner Familie hier und er ahnte, wer diese schlimme Tat zu verantworten hatte. Doch das bedeutete, dass das Monster zu mehr imstande war, als er ursprünglich vermutet hatte. Ein Lamm zu entführen und einen Esel zu ermorden ist eine Sache, aber eine Katze zu fangen und auf einen Stock zu spießen, ist eine andere.

Wahrscheinlich lag Mara mit ihrer Vermutung, das Monster sei so was wie ein Dämon aus der Unterwelt und vielleicht der Zorn eines Gottes, nicht ganz falsch.

Endlich raffte sich jemand auf und nahm das Tier vom Stock und wickelte es in ein Tuch. Auch der Stock wurde entfernt. Was mit der toten Katze geschehen sollte, war klar: Man würde sie mumifizieren und in ein Grab legen.

Nun standen die Leute da und wussten nicht, was sie tun sollten. Sie mussten damit erst mal fertig werden. Manche von ihnen fühlten sich auch schuldig, weil sie das Gefühl hatten, all das heraufbeschworen zu haben, durch das ständige Beobachten der Höhle. Sethos selbst fühlte größtenteils Furcht. Aber wenigstens hatte es offenbar keine weiteren Einbrüche gegeben, denn keiner sprach von dergleichen. Allerdings bemerkte er, wie Onuris von einer Frau und deren Mann angefeindet wurde.

»Was soll das, Onuris?«, fragte die Frau aufgebracht. »Hast du nicht deine Lektion gelernt?«

»Wie? Was habe ich denn getan?« Ein großes Fragezeichen stand in Onuris' Gesicht. Viele andere begannen der Konfrontation zu lauschen.

»Du weißt genau, was du getan hast«, sagte der Mann. »Wir haben dich letzte Nacht gesehen.«

Onuris schaute immer noch verdutzt drein.

»Ja«, hakte die Frau nun wieder ein und zeigte beschuldigend auf ihn. »Gib es zu! Du hast dir mal wieder eine dunkle Decke übergezogen und bist damit im Dunkeln durchs Dorf gelaufen. Ich weiß nicht, ob du den Leuten damit Angst machen willst - jedenfalls finden wir das überhaupt nicht komisch.«

»Genau«, bestätigte ihr Mann. »So was geht angesichts der ernsten Vorfälle einfach zu weit!«

»Pah!«, erwiderte Onuris. »Ich weiß ja nicht, was ihr alles seht, wenn ihr nachts das Dorf beobachtet, aber *ich* habe tief und fest geschlafen.« Er verschränkte die Arme und war von sich selbst überzeugt.

»Aus der Geschichte kommst du jetzt nicht so leicht raus«, sagte der Mann. »Jeder hier weiß, dass du das schon mal gemacht hast.«

Jetzt mischte sich Monifa ein: »Moment mal. Er hat das zwar schon mal gemacht, aber damit war doch bereits vor Wochen Schluss. Also letzte Nacht hat er das Haus nicht verlassen, da bin ich ganz sicher.«

Jetzt waren die beiden entwaffnet.

»Und was soll es dann gewesen sein?«, entgegnete der Mann. »Wir haben es zwar nur von Weitem gesehen, aber Einbildung war es ganz sicher nicht. Da war definitiv ein großer, dunkler Umriss, der sich bewegt hat.« Zustimmend nickte seine Frau.

Aus der Schar der Zuhörer meldete sich nun eine andere Frau zu Wort.

»Es war das Wesen«, sagte sie und die Augen richteten sich auf sie. »Das Wesen, das viele von uns erst vorgestern Abend gesehen haben. Ich selbst habe es auch gesehen.«

Die beiden, die eben noch gegen Onuris gewettert hatten, hielten sich jetzt zurück.

Die Frau fuhr fort: »Es war groß und dunkel … und unheimlich.«

»Und es schleicht nachts durch unser Dorf«, sprach irgendeine Stimme aus der Menge.

»Und es entführt Tiere und klaut«, fügte eine weitere Stimme hinzu.

»Und es hat diese arme Katze getötet«, sagte nun wieder die Frau.

Niemand widersprach. Nichts weiter gab es zu sagen. Gewiss ging den Leuten die Frage ›Was machen wir denn jetzt?‹ durch den Kopf, doch die Gesamtsituation war zu absonderlich, um diese Frage auszusprechen. Sie verließen den Ort wieder und gingen ihrer Arbeit nach, mit der leisen Erwartung, dass dann wieder eine gewisse Normalität einkehren würde. Nur Sethos wurde noch von Amosis aufgehalten. Dieser war von einem bitterernsten Tatendrang erfüllt. Am liebsten wollte er das Monster gleich erlegen wie ein blutdurstiger Jäger.

»Heute Nachmittag werde ich mich auf die Lauer legen«, verkündete er. »Ganz in der Nähe der Höhle. Und ich hoffe auf deine Unterstützung.«

Aber Sethos fand diese Idee gar nicht gut. »Hör mal, das ist gefährlich«, sagte er voller Bedenken.

»Ich weiß«, erwiderte Amosis. »Aber wir müssen etwas tun. Und zwar *jetzt*.«

›Streng genommen hat er ja recht‹, dachte Sethos bei sich.

»Du siehst doch, was innerhalb weniger Tage alles passiert ist«, sagte Amosis drängend. »Wenn wir nichts gegen diese Bedrohung unternehmen, dann leben wir hier wie Verfluchte!«

Dieser Satz flößte Sethos Respekt ein. ›Er hat durchaus recht!‹, dachte er. Trotzdem wusste er, dass es mehr als leichtsinnig war, sich einfach so auf die Lauer zu legen, in der Hoffnung, das Monster anzulocken und zur Strecke bringen zu können.

»Also ich kann das einfach nicht gutheißen, Amosis. Vor allem, wenn ich dabei an meine Frau und meine Kinder denke.«

»Ich glaube, du hast eines nicht verstanden: Ich denke dabei an alle. An die gesamte Dorfgemeinschaft.«

Sethos seufzte. »Ja.«

»Also«, fuhr Amosis nun etwas ruhiger fort, »entweder du kommst mit, … oder ich werde das allein machen müssen.« Er legte seine Hand auf Sethos' Schulter. Dieser gab ein Stöhnen von sich. Er wusste, dass er seinen Freund nicht umstimmen konnte. Amosis war einfach zu entschlossen und Sethos hingegen war nicht durchsetzungsfähig.

»Wenn heute Nachmittag die Arbeit geschafft ist, treffen wir uns hier.«

»Falls ich überhaupt mitmache«, versetzte Sethos schnell.

»Ja. Aber ich zähle auf dich …

Und bring bitte einen Speer mit.«

Als Nächstes ging Amosis und Sethos schließlich auch, der jetzt überlegen musste, was er tun sollte. Natürlich war er daran interessiert, einen Weg zu finden, das Ungeheuer loszuwerden, und zwar so bald wie möglich. Aber es handelte sich hier um ein Unterfangen, das vielleicht lebensgefährlich war. Andererseits konnte er doch seinen besten Freund nicht allein in dieses Unheil laufen lassen! Wenn Amosis in seiner Furchtlosigkeit etwa zustieße, könnte Sethos sich das nie verzeihen. Also entschloss er sich dazu, ihn zu begleiten - wohl oder übel.

Es muss nicht erwähnt werden, dass Sethos an diesem Tag kaum noch an etwas anderes denken konnte. Und damit war er nicht allein. Heute grübelten alle Dorfbewohner über das Wesen und hatten immer wieder das Bild der aufgespießten Katze vor Augen. Manche beteten zu den Göttern, um Schutz und Antworten, aber auch um Gnade.

Dann war es so weit. Der Nachmittag schritt bereits voran und die Arbeit hatte für heute ein Ende gefunden.

Da ging Sethos zu der Stelle, an der morgens noch die ganze Dorfgemeinschaft gestanden hatte. Amosis befand sich bereits vor Ort und wartete auf seinen Nachbarn, der gerade angelaufen kam. Den Speer, den dieser mitbringen sollte, hielt er locker in der Hand, als wollte er ihn gar nicht besitzen, denn er war eigentlich gegen diesen Jagdzug. Doch Amosis erwartete ihn schon mit einem breiten Lächeln.

»Ich wusste doch, dass ich mich auf dich verlassen kann«, sagte er beinahe feierlich, als Sethos (ohne zu lächeln) vor ihm stehen blieb. »Komm, lass uns keine Zeit verlieren!«

Amosis drehte sich um und ging in Richtung Norden auf den Nil zu. Sethos lief ihm hinterher wie der Diener eines Machthabers. Dann schloss er zu ihm auf und ging neben ihm. Er warf einen Blick auf Amosis' entschlossenes Gesicht und fragte: »Wo genau willst du jetzt eigentlich hin?«

»Wir gehen bis kurz vor die Höhle«, antwortete er stur geradeausblickend. »Dort werden wir warten. Vielleicht können wir das Monster aus seinem Versteck locken. Und wenn es kommt, machen wir diesem bösen Traum ein Ende!« Diesen Satz betonte er, als hätte er ihn vorher schon hundertmal aufgesagt. Und Sethos war von seinem Kumpan gewissermaßen beeindruckt. Er bewunderte, wie unerschrocken Amosis dieses ernste Problem beseitigen wollte. Sein Ziel hatte er klar vor Augen und wollte es auf direktem Wege erreichen. So setzten sie einen Fuß vor den anderen und kamen der unheimlichen Höhle immer näher. Noch schien die Sonne.

Den Weg zum Nilufer hatten sie schnell hinter sich gebracht, aber jetzt galt es, gen Norden dem Fluss zu folgen, bis der Bereich mit den vielen Steinen und Felsen beginnen würde. Und dieser tauchte auch schnell vor ihnen auf. Inzwischen hielt Sethos den Speer deutlich fester in der Hand. Eine deutliche Nervosität machte sich in seiner Gemütslage bemerkbar.

Die Palmen standen hoch und erhaben über den Sträuchern, die keine freie Rundumsicht zuließen. Leise hörte man den Nil fließen. Stellen des Untergrundes, die nicht von Steinen bedeckt waren, zierten sich mit grünem Gras. Und Sethos, der die Umgebung links und rechts von sich beäugte, merkte nicht, was vor ihm lag. Sie hatten die Stelle erreicht, weshalb Amosis stehen blieb. Gerade mal zehn Meter vor ihnen lugte der Höhleneingang aus dem Hang des steilen Ufers. Eigentlich unscheinbar und doch so bedrohlich. Sethos blickte aufmerksam auf die Stelle, während Amosis mit großen Augen das Umfeld beobachtete.

»Und jetzt?«, fragte Sethos leise.

»Wir warten erst mal ab«, sagte Amosis genauso leise und ging in die Hocke. Die zwei Männer lauschten und schauten sich um. Weit vor ihnen ruhte eine Gruppe Gänse an der Böschung und glotzte misstrauisch herüber. So vergingen wenige Minuten und alles blieb ruhig, nur Sethos nicht. Inzwischen kniete er angespannt da. Dann setzte er sich hin, weil seine Knie auf dem Stein zu schmerzen begannen. Doch im Sitzen konnte er sich schlechter umschauen und fühlte sich leichter angreifbar, weshalb er doch wieder aufstand.

»Ich habe eine Idee«, flüsterte Amosis dann. Er griff nach einem Stein, etwa so groß wie ein Apfel. Erst schaute er den Stein an und dann hinüber zur Höhle. Jetzt holte er aus und warf schließlich den Stein. Dieser knallte mit einem lauten Schlag auf einen Felsen direkt vor dem Höhleneingang. Erschrocken zogen sich die Gänse vom Ufer zurück.

»Was soll das?«, sagte Sethos aufgebracht, aber dennoch im Flüsterton.

Amosis gab ihm zu verstehen, dass er still sein sollte, indem er den Finger auf die Lippen legte. Er horchte und behielt den Höhleneingang im Auge. Sethos blickte nervös in der Gegend umher. Ihm war klar, dass sie sich nicht in Deckung befanden. Wahrscheinlich war das ein weiterer Aspekt der Entschlossenheit von Amosis.

»Ich versuche das Wesen herauszulocken«, raunte dieser.

»Na toll«, stöhnte Sethos. Es tat sich nichts an der Höhle. Sie lag bedrohlich still da. Nur die Heuschrecken zirpten stetig, der Fluss rauschte sanft dahin und immer wieder erklang Vogelgezwitscher. Wieder vergingen einige Minuten. Sethos wischte sich seine schwitzigen Hände an seinem Leinenschurz ab. Sein Herz schlug aufgeregt und sein Gesichtsausdruck wirkte angestrengt. Ständig musste er an Essam und Pal denken, die genau hier gewesen waren und dann panisch vor dem Ungeheuer fliehen mussten. Er fragte sich, ob es möglich war, dass es jeden Moment irgendwo auftauchen konnte wie aus dem Nichts. Doch diese Vorstellung war jetzt ganz und gar nicht hilfreich. Die Angst, die ihn bereits unweigerlich erfüllte, rührte von dem instinktiven Wissen, dass er sich in Gefahr befand. Und er wollte ganz sicher nicht hier abwarten und die Furcht verschweigen.

»Amosis«, sagte er leise. »Lass uns bitte wieder gehen! Es hat doch keinen Zweck. Ich habe Angst, verstehst du? Ich will nach Hause, zu meiner Familie!«

»Schon gut, schon gut«, kam als Antwort. »Aber warte mal. Das ist es!« Ihm schien eine Idee gekommen zu sein. »Wir werden jetzt nach Hause gehen.«

»Sched sei Dank«, seufzte Sethos erleichtert. Und so begaben sie sich schnell auf den Rückweg, aber noch immer sehr wachsam.

»Weißt du was?«, sprach Amosis. »Wir werden an einem sicheren Ort auf das Monster warten. Und zwar auf deinem Haus.«

»Bitte?!« Sethos schaute Amosis verdutzt an. »Wie meinst du das? Was hast du vor?«

»Der Plan lautet wie folgt: Wir setzen uns heute Abend - nein, heute Nacht auf das Dach deines Hauses, mit den Speeren. Und wenn das Wesen wieder im Dunkeln durch das Dorf schleicht, schlagen wir zu, sobald es in die Nähe kommt.«

Sethos dachte kurz nach. »Auf meinem Hausdach also. Na, da hast du dir ja wieder etwas Feines einfallen lassen.«

»Vertrau mir«, sagte Amosis nun wieder in normaler Lautstärke, da sie sich bereits vom Nil entfernten. »Das ist eine sichere Sache. Da oben sind wir in einer vorteilhaften Position. Das Monster kann nur über die Treppe aufs Dach kommen, und bevor es das schafft, haben wir schon längst unsere Speere geworfen.«

»Nun ja …«, murmelte Sethos. »Da muss ich dir recht geben.«

»Wenn alles nach Plan läuft, ist es morgen früh tot.«

Natürlich war es nach wie vor gefährlich, aber die Vorstellung, dass der Spuk morgen früh ein Ende haben könnte, motivierte Sethos.

Die beiden kamen im Dorf an und gingen in ihre Häuser. Sethos tat es nicht gerne, doch er erklärte seiner

Frau, was er und Amosis gerade getan hatten. Mara war natürlich alles andere als erfreut über das, was sie da zu hören bekam, aber ihr Mann zeigte gute Argumente auf. Er sagte, dass er es nicht übers Herz gebracht hatte, Amosis alleine gehen zu lassen und dass er ja noch vor Sonnenuntergang wieder zu Hause war. Auch gab er zu, dass dieses Vorhaben leichtsinnig war. Und da erwähnte er den neuen Plan und begründete, wie sicher die Durchführung sein würde. Die Tatsache, dass Sethos dabei im Grunde die ganze Zeit zu Hause war, schien Mara zu beruhigen.

Es folgte das Abendessen. Die Kinder erfuhren, was ihr Vater und Amosis heute Nacht machen wollten und sie nahmen es hin. Nur Essam schauderte es bei der Erinnerung an das Ungeheuer.

Und dann kam die Finsternis, sie kam schnell, als konnte sie es kaum erwarten, die zwei Ägypter auf dem Dach zu sehen. Sethos hatte noch schnell eines der Fischernetze geholt, weil es sich als hilfreich erweisen könnte. Er brachte es aufs Dach, als gerade Amosis herüberkam und über die Treppe, die sich außen an der Hauswand befand, zu seinem Nachbarn begab.

»Schau mal hier«, sagte Sethos und zeigte auf das Netz. »Das können wir vielleicht gebrauchen.«

»Ah, sehr gut. So ein Netz kann immer nützlich sein, wenn man ein Tier fangen will.« Amosis war erfreut und nach wie vor guten Mutes.

Nun setzten sie sich unter das separate Schilfdach, das hier oben von vier dünnen Holzstützen gehalten wurde. Ein solches kleines Dach konnte man auf vielen Häusern finden. Es spendete Schatten und eignete sich, um in warmen Nächten darunter zu schlafen. Unsere beiden Freunde jedoch hatten nicht vor, hier zu schlafen. Sie warteten auf etwas Anderes als süße Träume unter dem Sternenhimmel. Dennoch ließ Sethos seinen Blick über das Sternenzelt des fast wolkenlosen Himmels schweifen, denn inzwischen hatte die Dunkelheit alles eingenommen. Nur noch schemenhaft ließen sich die Häuser des Ortes ausmachen, der still dalag. So wie immer drang das Zirpen der Heuschrecken an Sethos' Ohren. Ansonsten war es ruhig, so auch Sethos selbst. Er fühlte sich bei Weitem nicht so angreifbar, wie es nachmittags am Nil der Fall gewesen war. Hier auf dem Dach war er recht geschützt. Seine Familie lag im Haus in Sicherheit. Vorhin hatte er noch Mara angewiesen, die Haustür von innen zu verbarrikadieren, mit einem kleinen Holztisch aus der Küche (eines der wenigen Möbelstücke, das sie besaßen). Somit fühlten sich Mara und die Kinder sicher und behütet und schliefen tief und fest. Und das entsprach ganz der Pflicht von Sethos, seine Familie zu beschützen. Er war überzeugt, das Richtige zu tun und das war ein gutes Gefühl. Das konnte ihn allerdings nicht von Sorgen bezüglich des Monsters abbringen. Er wusste, es war irgendwo unter diesem Himmel, so wie er selbst. Und dann rief er sich das Ziel in Erinnerung, das heute Nacht erfüllt werden sollte. Beunruhigende Gedanken kreisten in seinem Kopf. Was, wenn das Monster wirklich versuchte, auf das Dach zu kommen? Diese große, bucklige Gestalt. Was, wenn sie die Treppe hinaufstürmte, direkt auf ihn zu, aggressiv und mordlustig. Würde sie sich spöttisch amüsieren, über den lächerlichen Versuch zweier Männer, das Monster zu töten?

›Aber nein!‹, dachte Sethos. ›Diese Einbildung geht zu weit! Es ist doch immer noch nur ein Tier.‹

Er schwor sich im Ernstfall den Speer so kraftvoll zu werfen, als wollte er den dicken Schuppenpanzer eines Krokodils durchstoßen.

Jetzt erhob sich Amosis von seinem Platz, ging ein bisschen auf dem Dach umher und schaute sich um.

»Hast du schon irgendwas gesehen oder gehört?«, fragte Sethos ihn leise.

Amosis ließ sich Zeit mit einer Antwort. Dann sagte er: »Keine Spur …« Er setzte sich wieder hin. Das ermüdende Warten ging weiter. Sethos konnte sich ein Gähnen nicht verkneifen. Als dann irgendwo eine Katze miaute, musste er an die tote Katze vom Morgen denken. Und wieder kam die Unsicherheit in ihm auf. Wie bösartig war die Gefahr, mit der sich Amosis und er anlegen wollten? Wozu war sie imstande? Vielleicht wäre Sethos jetzt doch lieber ein Stockwerk tiefer gewesen, neben seiner Familie im halbwegs sicheren Haus. Er war müde, besonders wegen der vergangenen Nächte, in denen er wenig geschlafen hatte.

Erneut gähnte er …

EIN VIEL ZU SCHÖNER TAG

Das Erste, was Sethos erblickte, war das Schilfdach, an dessen Rändern der dämmerige Himmel angrenzte - noch halb dunkel und mit wenigen Wolken. Amosis schien auch gerade aufzuwachen, denn er gab leise ächzende Geräusche von sich. Sethos setzte sich auf und sah das Dorf. Die Häuser wirkten schon etwas heller in der einsetzenden Morgendämmerung. Er drehte sich zu Amosis um, der da lag mit halb geöffneten Augen.

»Wir müssen irgendwann eingeschlafen sein«, sagte Sethos.

»Sieht so aus«, erwiderte Amosis mit belegter Stimme und fing an, sich zu strecken.

Dann sagte Sethos etwas enttäuscht: »Oh Mann. Damit sind wir jetzt wahrscheinlich die schlechtesten Wachen von ganz Unterägypten.«

»Aber ich habe auf deinem Dach so gut geschlafen, ich glaube, ich kann mich daran gewöhnen.« Amosis grinste seinen Nachbarn an und Sethos grinste zurück.

Sie beide standen auf und Amosis sagte: »Ich sehe noch keine aufgebrachten Leute. Hoffen wir, dass nichts weiter im Dorf passiert ist.«

Sie gingen die Treppe hinunter, Sethos begab sich erst mal in sein Haus und so lief Amosis hinüber zu seinem zu Hause. Die Familie war auch soeben aufgewacht und Mara schob im Moment den kleinen Tisch beiseite, der die Haustür blockiert hatte.

»Und Sethos?«, fragte sie, als sie sich umarmten. »Ist etwas passiert in der Nacht?« Ihre Stimme ließ wieder eine gewisse Furcht vermuten. Die Kinder tauchten im Hintergrund des Raumes auf.

»Nein, Mara, nichts. Alles blieb still und irgendwann sind wir eingeschlafen.«

»Nun gut.« Sie wirkte erleichtert. »Keine Neuigkeiten sind gute Neuigkeiten.«

»Na, ich denke schon. Bis jetzt sieht es so aus, als wäre nichts weiter geschehen im Ort.«

»Ob das wirklich so ist, werden wir sowieso gleich am Wasser erfahren.«

Und dann ging die Familie zum Nil, um sich zu waschen und frisch zu machen. Amosis begab sich mit seiner Familie ebenfalls dorthin.

Das kalte Wasser bei Sonnenaufgang war belebend. Sethos watete durch das flache Wasser hinüber zu Amosis.

»Hast du schon etwas gehört?«, fragte er ihn.

»Nein«, antwortete Amosis. »Gibt es denn was Neues?«

»Nein, nichts. Ich sehe hier nur entspannte Gesichter. Zum Glück. Jetzt frage ich mich, ob du weiter etwas unternehmen willst, gegen das Problem.«

Amosis runzelte die Stirn und schaute übers Wasser.

»Na ja, eigentlich …«, sagte er und rieb sich seine große Nase. »Ich weiß nicht, vielleicht hat sich das Wesen jetzt verkrochen.«

»Also offensichtlich ist es nicht wieder aufgetaucht. Wer weiß«, fügte Sethos hinzu.

»Ich denke, wir werden das Ganze vorerst ruhen lassen und hoffen, dass alles ruhig bleibt.«

»Das ist doch mal eine gute Idee«, lächelte Sethos vergnügt. »Und außerdem«, er schaute in den heller werdenden Himmel, »ist doch heute ein viel zu schöner Tag, um ein Monster zu jagen, wenn du mich fragst.«

Er hoffte inständig, dass das auch so bleiben würde. Amosis stimmte ihm lächelnd zu.

Anschließend ging es zurück zum Haus, wo gemeinsam die erste Mahlzeit des Tages bereitet wurde. Brot, Eier, Feigen und Datteln - ein typisches, aber gutes Frühstück. Und es schmeckte Sethos heute ganz ausgezeichnet. Die Gespräche der Familie handelten von diesem und jenem, doch sie hielten einen gesunden Abstand zu allen Themen, die sich mit dem Wesen beschäftigten.

Und dann ging Sethos zusammen mit Essam zum Arbeiten. Die Fischer legten heute Reusen im Wasser aus, in die allerlei Fische hineinschwammen. Diese fanden dann keinen Weg aus den Vorrichtungen heraus und landeten schließlich in den Händen der Fischer. Es war ein normaler Arbeitstag. Recht unspektakulär, aber vielleicht gerade deshalb so schön. Und Sethos freute sich schon auf das baldige Abendessen, bei dem er wieder entspannt die Mahlzeit genießen konnte.

Als dann der Nachmittag seinen Lauf nahm, rückte der Feierabend immer näher. Essam ging schon ins Dorf zurück, wo die Kinder nun meistens spielten, und so machte sich auch sein Vater auf den Weg nach Hause. Am Himmel kreiste erhaben ein Geier, während andere Vögel in Sträuchern zwitscherten. Gras streifte seine Knöchel und er fand Zufriedenheit darin, diesen Weg zu laufen, beim langsam einsetzenden Abend in der angenehmen Wärme. Bei einem Blick in den Süden bot sich ihm die beeindruckende Ansicht der zwei fernen Pyramiden. Im Vordergrund befanden sich die Häuser des Ortes. Manche standen eng beieinander, andere eher frei und einzeln. Viele waren flach, einige ragten mit einem zweiten Stockwerk in die Höhe. Und Menschen standen da oder liefen umher. Allein oder zusammen. Manche trugen etwas oder auch nicht, und dann gab es welche, die auf einem Karren saßen, der von einem Esel gezogen wurde. Im unmittelbaren Umkreis von Sethos lagen die Äcker und zwischen ihnen die Bewässerungskanäle. In der frischen Erde ruhten nun die Samen, aus denen später Weizen, Gerste und Gemüse wachsen sollte.

Das war seine Heimat, wie er sie wertschätzte und genoss. Es war schön hier, auf diesem Landstrich des ägyptischen Pharaonenreiches. Doch leider war dieses fürchterliche Problem aufgekommen. Kurz dachte Sethos, es konnte doch sein, dass das Wesen tatsächlich verschwunden war, wie es Amosis schon vermutet hatte. Vielleicht hatte sich ja der Zorn der Götter gelegt. Das wäre doch eine glückliche Fügung. Aber es gab keine Gewissheit, nur den Wunsch, dass es wirklich so sein sollte. Und daher beschloss Sethos gleich zu beten.

Als er dann im Haus eintraf, kniete er sich im Wohnraum hin und begann mit dem Gebet. Er sprach zu mehreren Göttern und bat sie um Klarheit, aber vor allem um Schutz. Dabei kam Mara hinzu und kniete neben ihm. Sie beteten also zusammen. Und es half. Sethos schöpfte Hoffnung. Er dachte, dass unter den Göttern immer welche sein würden, die ihn beschützten. Und er vertraute auf eine baldige Zeit, in der es dem Dorf wieder besser gehen würde.

Mit dieser neuen Hoffnung ging es nun ans Abendessen, auf das sich Sethos schon den halben Tag gefreut hatte, und es war ein Genuss. Zum Nachtisch gab es Früchte und sogar einen Kuchen.

So konnte man sich der abendlichen Ruhe hingeben, die heute durch nichts gestört wurde. Still lag das Dorf da, als die Sonne unterging. Zuletzt ging die Familie schlafen und Sethos lag wieder wie gewohnt auf seiner Schilfmatte im Raum bei seinen Liebsten. Heute schlief er schnell ein.

ES WAR KEIN TRAUM

Noch kurz vor dem Morgengrauen wurde Monifa von einem dringenden Bedürfnis geweckt. Ihr Mann Onuris lag noch bewegungslos neben ihr und atmete gleichmäßig. Es hatte keinen Zweck, liegen zu bleiben und abzuwarten. Sie musste an den Nil gehen, so wie es alle Ägypter taten, wenn sie ein dringendes Bedürfnis verspürten. So stand sie also auf. Onuris schlief weiter und bemerkte davon nichts. Sie lugte aus der Haustür heraus, schaute nach links und rechts. Niemand war da. Mit sanften Schritten ging sie los in Richtung Fluss. Ein bisschen mulmig war ihr schon dabei, denn man sollte es in diesen Zeiten möglichst vermeiden, draußen im Dunkeln herumzulaufen. Doch Monifa war mutig und sie würde schnell wieder zurück sein.

Sie erreichte das Wasser und tat, was sie zu tun hatte. Im Gebüsch rechts von ihr raschelten die Blätter kurz. Es war bestimmt nur ein Tier. Monifa erlaubte sich jetzt nicht ängstlich zu werden. Das Rascheln ertönte wieder, aber nur leise. Sie konnte nicht leugnen, dass sie sich von dem, was da im Gebüsch saß, beobachtet fühlte. Das Rascheln wurde lauter. Na schön, jetzt wurde ihr wirklich unwohl zumute. Dann war sie fertig und lief auch schon wieder los - mit schnelleren Schritten als auf dem Hinweg. Im Gebüsch ertönte neben dem ständigen Rascheln das Knacken eines Zweiges. Sie hörte ihren schneller werdenden Atem und versuchte ihn so leise wie möglich zu halten, wie auch ihre Schritte. Wenn sie sich jetzt umdrehte, wäre das wie ein Eingeständnis ihrer Angst. Sie hoffte sehnlichst nicht gesehen und gehört zu werden von dem Etwas, das da war. Plötzlich erklang hinter ihr ein kurzes, tiefes Gestöhne und etwas streifte deutlich hörbar an Blättern und Zweigen entlang und kam aus dem Gebüsch heraus.

›Das kann doch jetzt nicht sein!‹, dachte sie, als ihr Herz panisch schnell losklopfte. Geduckt lief sie weiter, um so unauffällig wie möglich zu sein. Jetzt drehte sie ihren Kopf halb herum. In ihrem Augenwinkel sah sie etwas Großes schon sehr dicht hinter ihr! Es schnaubte. Sie wollte rennen, doch da wurde sie von starken Pranken gepackt!

Einige panische Schreie des Entsetzens erfüllten die Luft. Dann bellten zwei Hunde irgendwo im Dorf.

Onuris hörte es.

›Habe ich das nur geträumt?‹, fragte er sich, als er die Augen öffnete. Er drehte sich auf die andere Seite und musste feststellen, dass Monifa nicht mehr neben ihm lag.

»Monifa?«, fragte er in den leeren Raum. Eilig stand er auf und ging in den Eingangsbereich.

»Monifa?«

Sie war nicht hier. Er ging nach draußen und rief noch einmal ihren Namen. Einer der Hunde bellte erneut. Onuris wurde bewusst, dass er weder das Geschrei noch das Hundegebell nur geträumt hatte. Und während er unruhig dastand und nicht wusste, was er tun sollte, kamen die Leute aus ihren Häusern.

Sethos ging vor die Haustür, als der Morgen graute. Er hörte Stimmen. Dann lief auf einmal Onuris zügig an seinem Haus vorbei, mit einem Blick der Fassungslosigkeit. Jetzt hörte Sethos mehrere Stimmen nach Monifa rufen. Onuris schien nicht ganz zu wissen, wo er eigentlich hinwollte. Als Nächstes tauchten weitere Personen auf (es mussten jene gewesen sein, die nach Monifa gerufen hatten).

»Was ist denn hier los?«, fragte Sethos die Leute.

Onuris war schon wieder um die nächste Ecke verschwunden, doch die anderen blieben stehen und erzählten: »Monifa, die Frau von Onuris, ist verschwunden. Er sagt, sie war weg, als er aufgewacht ist. Er ist völlig außer sich. Wir rufen sie schon, aber es kommt keine Antwort.«

»Oh nein ...«, sagte Sethos und schaute nachdenklich vor sich hin.

Inzwischen war bereits die halbe Dorfgemeinschaft aus den Häusern gekommen und lief planlos durch die Siedlung. Bis sie an den nördlichen Dorfrand kamen, wo sie innehielten, denn hier war Onuris stehen geblieben. Er schaute über die Felder in die Ferne zum Nil. Dann drehte er sich langsam zu der Menge um, die sich hinter ihm versammelt hatte. Sein Gesichtsausdruck glich dem eines kleinen Kindes, das gleich zu weinen anfangen würde.

»Sie ist weg«, sagte er mit zittriger Stimme. Dann schaute er auf den Boden vor die Füße der Leute, als hätte er etwas verbrochen.

Als er wieder aufblickte, sagte er: »Ihr ist bestimmt etwas zugestoßen! Ihr habt doch auch die Schreie gehört, oder?«

Etliche Köpfe nickten. Jetzt erinnerte sich auch Sethos daran, etwas gehört zu haben. Doch es war ihm so unwirklich erschienen, als wäre es nur Teil eines Traums gewesen.

»Und ich muss vielleicht noch erwähnen«, fuhr Onuris fort, »dass Monifa … schwanger ist.«

Andere waren noch besorgter als vorher. Sethos durchfuhr der Gedanke, dass es Onuris hätte treffen sollen. Onuris hätte entführt werden sollen, als eine Lektion für sein arrogantes Verhalten, das er schon immer an den Tag gelegt hatte und für seine Hochstapelei. Doch gleich darauf fühlte sich Sethos schlecht für diesen Gedanken.

»Lasst uns keine Zeit mehr verlieren «, sagte nun Amosis. »Wir teilen uns jetzt auf und suchen sie!«

So war es richtig. Die Dorfbewohner bildeten fast ein Dutzend kleiner Gruppen, die sich dann in alle Himmelsrichtungen verteilten. Manche gingen also auch nach Westen, wo die Wüste begann. Aber die meisten gingen in die östliche Richtung zum Nil. Und viele kamen am Höhleneingang vorbei, der aber unverändert war und keine Spuren einer Entführung aufwies.

»Ich kann hier nichts entdecken«, bemerkte Amosis, als er mit Sethos und wenigen anderen Suchern den felsigen Hang untersuchte.

Sethos schaute misstrauisch auf den dunklen Eingang.

»Tu nicht so, als wärst du unschuldig«, murmelte er leise an die Höhle gerichtet.

Amosis kam an seine Seite.

»Du hast auch eine Ahnung, was dafür verantwortlich ist, stimmt's?«

Sethos nickte. Schweigend standen sie da.

»Los, lasst uns weitergehen«, sagte eines der Gruppenmitglieder.

»Vielleicht können wir sie noch retten«, sagte Sethos an Amosis gerichtet.

»Und vielleicht können wir dem Spuk heute ein Ende bereiten«, fügte dieser hinzu.

Sogleich folgten sie der Gruppe wieder, die weiter flussabwärts ging.

Und so ging die Suche in der ganzen Umgebung des Dorfes voran, doch sie blieb erfolglos. Nach vielleicht zwei Stunden beschloss ein wesentlicher Teil der Dorfbewohner, die Aktion aufzugeben und sich stattdessen der alltäglichen Arbeit zu widmen, denn die wartete schließlich nicht. Die Übrigen, zu denen auch Sethos und Amosis zählten, setzten die Suche fort. Denn sie hatten erkannt, wie ernst und besorgniserregend die Lage war. Natürlich lief auch Onuris noch weiter umher und rief wieder und wieder den Namen seiner Frau. Er war höchst besorgt und seine Stimme drückte eine gewisse Verzweiflung aus. Nach wie vor eilte er rastlos über sandige und felsige Ebenen, zwischen den Feldern entlang und durch die Vegetation am Fluss. Den Höhleneingang hatte er dabei bestimmt schon dreimal passiert. Er hatte sich auch schon direkt davorgestellt und Monifas Namen lautstark in die Dunkelheit des Eingangs gerufen. Eine Antwort erhielt er nicht. Und selbst wenn sie in die Höhle geschleppt worden wäre, dann käme das Rufen schon viel zu spät.

Die verbliebenen Sucher hatten sich nun mit drei Booten auf den Nil begeben, weil sie sich erhofften, von dort aus etwas Neues zu sehen. Doch Sethos war an Land geblieben, mit mehreren anderen. Sie begleiteten nun Onuris, um auf ihn achtzugeben. Schließlich gelang es ihnen sogar, ihn zu einer Pause zu überreden. Er hatte es wirklich nötig, mal kurz durchzuatmen und musste außerdem etwas trinken und essen. Aber danach ging das Ganze wieder weiter. Was konnte Onuris denn sonst tun? Und wieder kam er an der Höhle vorbei, die er volle Argwohn beäugte. Es hatte aber keinen Zweck, in dieser Gegend umherzuirren.

Er ging weiter, um diesmal seine Kreise deutlich größer zu ziehen. Und das tat er dann auch. Doch er konnte seine Frau einfach nicht finden. Ihm kreisten die Gedanken im Kopf - obendrein all die schlimmen Szenarien, die er sich gar nicht ausmalen wollte. Und auch die anderen Menschen waren im Geiste ständig bei ihm. Nur entfernt konnten sie sich vorstellen, wie schrecklich es für ihn sein musste. Keiner wollte jetzt in seiner Haut stecken. Und wie die Dorfbewohner da auf den Feldern arbeiteten, bekamen sie zunehmend ein schlechtes Gewissen. Sie hatten das Gefühl, dass sie eigentlich auch weitersuchen müssten.

Tatsächlich hatte sich am frühen Nachmittag nach stundenlanger Suche auch Sethos der Arbeit zugewandt. Er fragte sich, ob und wie diese Situation mit der entführten Monifa noch gut ausgehen konnte.

Irgendwann, er saß gerade vor seinem Haus und reparierte ein Fischernetz, da eilte Amosis zu ihm und Sethos sah im Gesicht seines Freundes einen Ausdruck, der gar nicht typisch war für dessen unerschrockene Art. Er schien aufgewühlt und gewissermaßen verstört zu sein.

»Sethos«, sagte er etwas außer Atem.

Dann blieb er vor dem Fischer stehen, der da mit seinem Netz saß und schaute ihn nach Worten suchend an.

»Ist alles in Ordnung?«, fragte Sethos, obwohl er schon wusste, dass das wohl leider nicht der Fall war.

Amosis schüttelte daraufhin nur den Kopf. Dann vergrub er sein Gesicht in den Händen und stöhnte tonlos.

»Ich weiß nicht, wie ich das sagen soll …«, brachte er leise hinter seinen Händen hervor.

Sethos legte das Fischernetz beiseite, stand auf und umarmte Amosis. Dieser atmete tief ein und wieder aus.

»Sag es so, wie es ist«, ermutigte Sethos.

Dann lockerten sie die Umarmung.

Amosis' Blick schien weit in die Ferne zu gehen, als er zu erzählen anfing: »Wir waren gerade auf dem Nil unterwegs … und haben noch gesucht.«

Sethos konnte sich genau vorstellen, wie die wenigen verbleibenden Sucher auf dem Wasser dahin paddelten.

»Da fuhren wir mit unserem Boot gerade an der Höhle vorbei«, fuhr Amosis fort.

Wieder nahm er einen tiefen Atemzug, schloss kurz die Augen und schaute dann Sethos an. Dieser merkte, wie schwer es seinem Kumpan fiel, davon zu berichten.

»Dieses Mal war aber etwas anders … am Höhleneingang.«

Sethos ahnte nichts Gutes. Er fühlte seine Hände schwitzig werden.

»Da lag jemand«, sagte Amosis mit gedämpfter Stimme und biss sich auf die Unterlippe. »Da lag ein Körper. Kannst du dir das vorstellen?«

Sethos antwortete nicht.

»Es war Monifa«, flüsterte Amosis und schüttelte den Kopf, als versuchte er Bilder aus seiner Vorstellung loszuwerden. »Sie lag da. Tot.«

»Mehen steh uns bei«, war das Einzige, was Sethos hervorbrachte. Er fühlte sich erschlagen von dieser Nachricht. Monifa war tot. Einfach nicht mehr da. Auf dem Weg ins Jenseits zum Totengott Osiris. Und ihr ungeborenes Kind würde niemals das Licht der Welt erblicken. Unvorstellbar.

Zwei Minuten standen sie da und es herrschte bedrückende Stille.

Schließlich gelang es Sethos wieder zu sprechen: »Was ist mit Onuris?«

Amosis antwortete nicht gleich.

Dann sagte er: »Wir waren gerade dabei, … ihren Körper auf das Boot zu tragen. Da stieß Onuris plötzlich zu uns. Er hat sie gesehen, seine geliebte Frau. Und er hat ihre Verletzungen gesehen … an denen das trockene Blut geklebt hat.«

Nochmals schwiegen sie sich an.

»Onuris ist jetzt völlig bestürzt«, sagte Amosis dann.

»Ich glaube, das sind wir alle gerade ein bisschen«, bemerkte Sethos und sein Nachbar nickte.

»Zum Schluss ist er in Tränen nach Hause gerannt. Ich weiß nicht, was er jetzt macht … Und ich weiß nicht, was wir jetzt machen.«

»Ich weiß es auch nicht«, flüsterte Sethos.

Wieder standen sie da - sprachen nicht und schauten niedergeschlagen auf den Boden. Als Amosis ging, sagte er nur noch: »Das Monster muss ausgelöscht werden. Es gibt keinen anderen Weg.«

Das Dorf wurde in ein Stillschweigen gehüllt. Jeder wusste, dass es kein natürlicher Tod war, den Monifa hatte erleiden müssen. Das Monster hatte nun einen Menschen auf dem Gewissen. In Sethos' Geist kam der Gedanke an die vorletzte Nacht auf, die Amosis und er auf dem Dach verbracht hatten. Hätten sie da ihr Ziel erreicht, wäre das alles nicht passiert, dachte er. Doch er ließ es nicht zu, jetzt in Schuldgefühlen zu versinken. Denn immerhin hatten Amosis und er es versucht.

Was jetzt wirklich zählte, war das blanke Überleben!

YAMMUCH!

Was war Sicherheit? Existierte jemals so etwas wie Gewissheit in diesem Universum - in dieser unberechenbaren Welt? Die Bewohner eines altägyptischen Dorfes wussten, dass die Antwort Nein lautete. Sie spürten so deutlich wie nie zuvor, dass es einen solchen Zustand des Sicherseins nicht gab. Als Lebewesen in dieser unbeständigen Welt war man nie frei von Gefährdungen. Doch einer von ihnen hatte das Verständnis für solch einen Sachverhalt verloren. Es war Onuris. Er stand total neben sich durch das grausame Ereignis des heutigen Tages. Vorhin hatte er seine ermordete Frau gesehen. Sie hatte ihr Leben durch die Gewalt eines Wesens verloren, das seinen dunklen Bau am Nilufer hatte, in den es sich verkroch. Und dorthin machte sich Onuris nun auf den Weg. Einen Speer trug er in der einen Hand, eine leuchtende Fackel in der anderen. Wegen seiner durch Tränen verschwommenen Sicht bemerkte er nicht die Leute, die ihn beobachteten. Keiner von ihnen näherte sich dem Verzweifelten, der dort entlanglief, weil sowieso niemand Worte zu sagen gefunden hätte. So kam er schnell an seinem Ziel an, und er blieb nicht stehen vor der Höhle. Er ging geradewegs hinein. Sofort umschloss ihn die kühle Luft und die enorme Finsternis zwang ihn dann doch zum Innehalten. Er wartete, bis sich seine Augen an das fahle Licht der Fackel gewöhnten und fand sich in einem schauerlichen Gewölbe, in dem er seinen eigenen Atem von den Steinwänden widerhallen hörte. Der Schein der Fackel warf seine Umrisse an die Wand. Hier hatte er schon einmal gestanden, an dem Morgen, als er im Dorf erzählte, er habe die Höhle erkundet und einen Tempel gefunden. In Wahrheit hatte ihn diese sogenannte Expedition kein Stück weiter als bis hierhergeführt.

Vor ihm lag ein Gang, der erst um eine Ecke und dann wahrscheinlich tiefer in die dunkle Ungewissheit führte. Voller Entschlossenheit ging er langsam darauf zu. In dem Wahn, in dem er steckte, wollte er das Monster finden. Dieses Wesen hatte ihm seine Frau und sein ungeborenes Kind genommen und jetzt strebte er nach Rache - nach nichts als bitterer Rache. Er wusste, dass sein Widersacher irgendwo in dieser Höhle sein musste, also setzte er einen Fuß vor den anderen. Im flackernden Licht wackelte sein Schatten, als lachte er ihn aus. Nur ganz allmählich bog er um die Ecke herum, im Vertrauen darauf, dass ihm das Licht offenbarte, was dahinter lag. Unter seinen Sandalen knirschten kleine Steinchen. Obwohl er in seiner jetzigen Verfassung nicht ganz bei Sinnen war, war da doch etwas, das ihn warnte. Er konnte die Bedrohung spüren, die von diesem Ort ausging. Sein Leben für diesen Vergeltungsakt zu riskieren, war ihm im Grunde gleichgültig, aber trotzdem wusste er, dass ihm die Angst bis in die Haarspitzen kriechen würde, sollte er tiefer in die Höhle gehen. Nur noch wenige Schritte, dann würde der Eingang, der die letzte Verbindung zur hellen Außenwelt darstellte, nicht mehr zu sehen sein. Ein dumpfiger Modergeruch trat ihm entgegen. Er führte sich vor Augen, dass er auf bestem Wege war, von der Höhle verschlungen zu werden. Da bemerkte er, dass er inzwischen stehen geblieben war. Er hörte seinen Atem, doch es klang fast so, als käme er von jemandem, der vor ihm irgendwo in der Finsternis stand.

Nun wandte er sich um und lief zum Ausgang. Dabei wurde er schneller, denn er hatte das ungute Gefühl, dass etwas hinter ihm sein könnte. Draußen ging er dann zum Wasser, in dem er seine Fackel zum Erlöschen brachte.

Das war es also. Das war jetzt der vom Hass auf das Monster beflügelte Versuch, eben dieses zu finden. Und da stand nun der Mann, der verloren hatte, was seinem Herzen am nächsten war. Obwohl nicht weit von hier der Ort lag, in dem seine eigene Behausung stand, hatte er kein zu Hause mehr. Während ihm unter schluchzenden Lauten immer wieder die Tränen über die Wangen flossen, hielt er sich nur noch in der Umgebung der Höhle auf. Es waren Stunden, die vergingen. Die übrigen Dorfbewohner wussten inzwischen, dass Onuris hier die ganze Zeit verweilte. Ab und zu kamen einige zu ihm. Sie sprachen mit ihm und bemühten sich, tröstende Worte zu finden. Als es dann am Abend dunkler wurde, schauten immer wieder Leute nach, um sicherzugehen, dass ihm nichts passierte. Manche von ihnen gingen dann wieder fort und andere kamen neu hinzu. So war auch Sethos einmal hier. Er gehörte zu denen, die Onuris überreden wollten, nach Hause zu gehen, als es schon dunkel war. Aber Onuris hatte sich ein bisschen Licht mit einer neuen Fackel verschafft und begab sich nun mit einem kleinen Papyrusboot auf den Fluss. Tatsächlich suchte er weiterhin nach dem Wesen. Sollte es hier entlangkommen, dann wollte er da sein, um es mit dem Speer angreifen zu können, der jetzt auf dem Boden des Bootes lag. Da er die Fackel in der einen Hand hielt, war es nicht ganz einfach, mit dem Ruder umzugehen. So trieb er also dahin und behielt sowohl das Wasser als auch das Ufer im Blick.

Sethos und die anderen hatten sich ein Stück weit zurückgezogen. Sie erkannten, dass es keinen Zweck hatte, auf Onuris einzureden, um ihn von hier wegzuholen. Aber sie wollten auch nicht einfach gehen und ihn alleine lassen. Unentschlossen standen sie da und überlegten, was jetzt zu tun sei. Da ertönte plötzlich ein Schrei von Onuris.

»Du!«, rief er heiser.

Sethos eilte mit der Gruppe an das Ufer. Onuris stand breitbeinig auf dem Boot, etwas nach vorne gebeugt und starrte auf das Wasser. Sethos konnte nicht sehen, was Onuris sah, denn es war jenseits des Bootes weiter in der Mitte des Flusses. Er konnte aber ahnen, was dort im Wasser schwamm. Was auch immer es war, Onuris brüllte es total aufgebracht an. Es ging Sethos durch und durch zu hören, wie Onuris mit einer von Trauer und Hass verzerrten Stimme schrie. Er sah ihn auf einmal wie einen kleinen Jungen, der seinen kindlichen Emotionen aus voller Kehle freien Lauf ließ.

»Yammuch!«, fluchte Onuris voller Abscheu. Dann legte er das Ruder ins Boot und nahm den Speer auf. Er holte zum Wurf aus, aber zögerte. Sethos sah nun voller Schreck einen Krokodilkopf, der in das Licht der Fackel kam. Doch er wusste, dass es sich dabei nicht um ein einfaches Krokodil handelte. Da waren diese vielen langen, dünnen Arme, die hinter dem Kopf flach aus dem Wasser lugten. Schon tauchte das Wesen unter, höchstens drei Meter vor Onuris' Boot entfernt. Dieser versuchte wie ein wild gewordenes Tier seine Beute im dunklen, undurchschaubaren Wasser ausfindig zu machen, doch da war nur ein wackelndes Bild von ihm selbst, das sich auf der Wasseroberfläche spiegelte. Kein Zorn war mehr in seiner Stimme zu hören, stattdessen Schluchzen und Stöhnen, das von blanker Angst und Verzweiflung zeugte. Jetzt drehte er sich um und schaute hilfesuchend zu den Menschen, die da am Ufer standen, mit offenen Mündern und erschrockenen Gesichtern. Flehend sah Onuris sie an. Tränen flossen über seine Wangen. Und Sethos erkannte, dass der Mann auf dem Boot schutzlos ausgeliefert war. Und er stand hier - zu weit weg - und konnte nicht handeln. Mit einem Schlag stieß etwas Großes aus dem Wasser gegen das Boot. Onuris konnte sich nicht halten, ließ Speer und Fackel fallen und stürzte in das lichtlose Wasser. Die Fackel war auf dem Boot gelandet, das gleich darauf Feuer fing. Der Schein offenbarte kurz die mächtige Gestalt des Monsters, die sogleich wieder untertauchte. Onuris strampelte und peitschte das Wasser auf. Manche riefen nach ihm. Er versuchte panisch an Land zu schwimmen. Hinter ihm das in Flammen stehende Boot, vor ihm das viel zu weit entfernte Ufer und unter ihm die düsteren Tiefen des Flusses. Dann schrie er kurz auf, doch verstummte sofort wieder, denn sein Kopf tauchte unter Wasser. Etwas zog ihn gewaltsam nach unten. Er kämpfte krampfhaft dagegen an, versuchte sich oben zu halten, tauchte wieder auf. Er ächzte wehleidig und schluckte Wasser. Dann verschwand er wieder - nicht mal ein Arm schaute noch heraus. Das Ufer war nun tatsächlich unerreichbar. Unzählige Luftblasen stiegen an der Stelle auf, an der er gerade noch gegen das Versinken gerungen hatte.

Sethos und die, die eben ins Wasser getreten waren, um Onuris entgegenzukommen, mussten den Rettungsversuch aufgeben, denn er war zu weit entfernt. Jetzt flohen sie schnell aus dem knietiefen Nass, um nicht auch noch dem Monster zum Opfer zu fallen. Einige der Menschen am Ufer verloren ganz und gar die Nerven und rannten einfach weg. Sethos hingegen stand unbewegt da, während ihn die absolute Schockierung übermannte. Der Geruch von verbranntem Papyrus zog herüber. Das Boot selbst trieb langsam flussabwärts, während es von den Flammen verzehrt wurde und in kleine Teile auseinanderfiel. Und genauso passierte es gerade mit der Welt, wie Sethos sie kannte. Was er eben gesehen hatte, brach ihm das Herz.

TETI II.

Obwohl es eigentlich niemand erwartet hatte, brach tatsächlich ein nächster Morgen an. Die Sonne ging wieder auf, nach der grauenvollen Nacht. Sethos war sehr schweigsam und seine Frau Mara tat es ihm gleich. Für ihn war alles an diesem Tag so unwirklich. Und damit war er bestimmt nicht der Einzige. Inzwischen hatte das ganze Dorf schon erfahren, was sich in der letzten Nacht am Fluss zugetragen hatte. Einige wenige Köpfe setzten sich zusammen, um zu beraten, was jetzt zu tun sei. Das Vernünftigste erschien ihnen ein Hilferuf an Teti II. persönlich. Dafür müssten sie nur etwa zwanzig Kilometer flussabwärts auf dem Nil fahren, bis sie die Hauptstadt Memphis erreichten. Dort wollten sie den Palast des Pharaos aufsuchen und ihn um Beistand bitten. Sie wollten Bericht erstatten über das, was geschehen war und über Yammuch, wie sie das Monster ab sofort nannten.

Das Vorhaben sprach sich schnell herum und als Sethos davon erfuhr, wollte er selbst dabei sein.

Ein Segelschiff wurde für die Fahrt bereit gemacht. Ebenso wie die kleinen Boote bestand es aus Papyrus, war aber um einiges größer und verfügte über Platz für mehr als ein Dutzend Personen. Als Sethos am Vormittag zur Anlegestelle am Nil kam, war alles für die Abreise fertig. Vierzehn Frauen und Männer waren es insgesamt, die mit nach Memphis kommen wollten und jetzt das Schiff betraten. Man hatte sogar ein Rind beschafft, das jetzt an einer Leine auf das Schiff geführt wurde. Es sollte ein Geschenk für den Pharao und eine Opferspeise für die Götter sein. Schon kurz darauf legten sie ab.

Alle waren sehr still, nur das Rind gab unruhige Geräusche von sich, da es sich hier auf dem Wasser nicht sehr wohl fühlte. Man war beschäftigt, es zu beruhigen.

Irgendwann kamen sie an der Stelle vorbei, wo sich gestern Böses ereignet hatte. Der Höhleneingang lugte wie immer geheimnisvoll zwischen Steinen und sandiger Erde hervor. Ein ungutes Gefühl beschlich Sethos als er diesen Ort sah und wieder die Bilder von gestern Nacht im Kopf hatte. Er wollte lieber nicht ins Wasser schauen, aus Angst, dass dort die Leiche von Onuris treiben könnte. Das Schiff fuhr weiter und die Bedenken legten sich. Später bemerkte Sethos etwas, das in Ufernähe im Wasser dümpelte. Da waren verkohlte Papyrusbündel, die sich zwischen den Stängeln von Schilf verfangen hatten. Es waren nicht die einzigen Überreste, die von dem Kampf der letzten Nacht zeugten. Auch der Speer, den Onuris nie geworfen hatte, hing irgendwo im Schilf fest.

Die Sonne stieg immer höher, bis schließlich die Mittagszeit kam. Da geschah es, dass etwas Weißes durch die Vegetation des Ufers leuchtete: die Stadtmauer von Memphis. Nach wenigen Stunden Fahrt waren sie also an ihrem Ziel angekommen. Sie legten mit dem Schiff an einer ausgedehnten Anlegestelle an und gingen von Bord. Und da standen sie nun in ihrer großartigen Hauptstadt. Sie waren nicht zum ersten Mal hier. Zu gewissen Festlichkeiten und Zeremonien hatten sich schon Anlässe geboten, hierher zu kommen. So gingen sie nun den Weg durch die Stadt zum Palast des Pharaos. Dabei kamen sie an kleinen, bescheidenen Häusern vorbei - solche, die ihren eigenen Heimen sehr ähnlich waren, aber auch an vielen mehrstöckigen, die teilweise sehr nobel aussahen. Und dann lag vor ihnen eines der größten und nobelsten aller Gebäude. Der Palast hatte seinen eigenen Stadtbezirk und war umgeben von prächtigen Gärten, durch die die Gruppe nun ging. Auf den Wegen, die zwischen dem grünen Pflanzenreichtum angelegt waren, stolzierte eine Katze umher. Sie interessierte sich herzlich wenig für die Besucher. Und noch weniger interessiert war eine zweite Katze, die an einer anderen Stelle saß und sich die Pfote leckte. Dann kamen sie zu einem Eingang in den großen Gebäudekomplex und hielten vor zwei Palastwachen an. Eine Tür gab es nicht. Es war bloß ein hoher Durchgang, aus dem ihnen sofort eine Dienerin entgegenkam, als hätte sie die Gruppe schon von Weitem gesehen. Nach einer kurzen Begrüßung sagten sie ihr, wo sie herkamen und dass sie den König dringend um Hilfe bitten müssten. Die Dienerin wusste, was sie zu wissen brauchte, bat die Gäste, hier zu warten und ging wieder. So harrten sie also aus und mussten darauf achten, dass das Rind nicht anfing, die Pflanzen des königlichen Gartens anzuknabbern.

Einige Minuten dauerte es, dann kam die Dienerin zurück.

»Der König möchte euch anhören«, sagte sie und bat die Gäste, ihr zu folgen. So durchschritten sie zuerst einen Innenhof und betraten dann einen zentralen Saal, der noch zum öffentlichen Teil des Palastes zählte und dem es nicht an Prunk und Pracht mangelte. Der große Raum wurde von Musik erfüllt. Es waren zwei Musikerinnen - eine spielte auf einer Flöte, die andere auf einer Harfe. Dabei saßen sie auf Kissen an einer der zahlreichen Säulen, die in zwei Reihen von einem Ende des Saales bis zum anderen standen und mit lauter kunstvollen Malereien versehen waren. Noch einige wenige Dienerinnen und Diener befanden sich im Raum und hielten sich unauffällig im Hintergrund. An einigen der Säulen hatten Palastwachen ihren Posten und richteten ihren starren Blick auf die Saalmitte, wo die Gäste nun entlangliefen. Diese schauten sich staunend um. Hier und da erblickten sie große Tücher, die an den Wänden herabhingen. Vor sich bemerkten sie den herrlichen Thron, auf dem sie Teti II. sahen. Der Pharao trug einen kunstvoll gefalteten Schurz, Goldschmuck und auf seinem Haupt ein blau-gold gestreiftes Nemes-Kopftuch. Links und rechts hinter dem Thron standen zwei Palastwachen und an seiner Seite befanden sich Männer, die Minister zu sein schienen. Sowohl der Pharao als auch die Minister beäugten die Besucher, die in respektvollem Abstand vor dem Thron stehen blieben. Nun gingen sie alle auf die Knie und neigten den Kopf zum Boden, um ihrem König zu huldigen. Die Dienerin, die ganz vorn stand, ging nicht auf die Knie, sondern beließ es bei einer einfachen Verbeugung. Danach zog sie sich zurück und ging an die Seite. Jetzt kam das Lied, das die zwei Musikerinnen spielten, zu einem Ende und der Pharao sprach: »Erhebt euch!«

Sethos empfand Ehrfurcht vor der Erhabenheit Tetis. Er schaute zu ihm auf, wie er da thronte.

»Ihr habt mir, wie ich sehe, ein Rind mitgebracht«, sagte Teti nun. »Als Geschenk nehme ich an?«

»So ist es mein König«, antwortete Fenuku, der Schäfer. Er trat einen Schritt nach vorn, denn die Gruppe hatte sich im Vorfeld darauf geeinigt, dass Fenuku der Sprecher sein sollte.

»Dann sollten wir das Tier nicht hier stehen lassen, sondern es in einen Stall bringen«, sagte Teti und befahl der Dienerin mit einer Handbewegung dies zu tun. Sie ging zu dem Rind, nahm die Leine und führte es aus dem Saal heraus.

»Nun, meine Untertanen, die ihr aus einem Dorf nicht allzu weit von hier kommt«, setzte der König fort, »sagt mir, wie verlief eure Fahrt auf dem Fluss?«

Sethos und die anderen lächelten höflich und Fenuku sagte: »Gut, mein König. Die Fahrt verlief gut und ohne besondere Vorkommnisse.«

»Das hört man gerne. Dann wollen wir nun zum eigentlichen Thema kommen. Ihr seid also hier, weil ihr Hilfe braucht?«

»Ja das stimmt, Eure Majestät.«

»Dann lasst mich hören, was euch bedrückt und euch Probleme bereitet.«

Fenuku atmete tief ein, um sich innerlich auf diese Angelegenheit vorzubereiten.

»Es ist ein Problem«, begann er zu erzählen, »welches das ganze Dorf betrifft und uns zunehmend das Leben schwer macht. Als die Nilfluten vor einem Monat zurückgegangen waren, fing alles damit an, dass am Nilufer diese Höhle auftauchte. Die war uns allen völlig neu. Vier aus dem Ort sollen wohl kurz nach der Entdeckung dort von einem großen, nicht definierbaren Tier angegriffen worden sein. Und dann entstanden lauter Gerüchte und Vermutungen darüber, aber wirklich ernst war die Sache noch nicht. Jedenfalls kam es vor sechs Tagen dazu, dass zwei Jungen zu der Höhle gingen. Da kam dieses Tier fatalerweise wieder und jagte sie. Sethos hier ist der Vater des einen Jungen.«

Er deutete auf Sethos und dieser nickte zustimmend.

»Und dann fing es an. Noch am selben Abend hörten wir alle diese furchtbaren Geräusche aus der Richtung der Höhle. Es war Geschrei - oder eher ein Brüllen. Ich kann es nicht näher beschreiben. In der Nacht war es dann zwar ruhig, aber das Tier - dieses Wesen - kam in unser Dorf. Nach Sonnenaufgang haben wir bemerkt, was es getan hatte: Es hatte Getreidevorräte geplündert und einen Esel verschleppt. Und ich selbst musste feststellen, dass ein Lamm aus meiner Schafherde fehlte. An diesem Abend haben wir es dann tatsächlich *gesehen*! Erst wandelte es durch das Gebüsch nahe am Flussufer, später kam es hervor und zeigte sich. Die Dunkelheit brach herein und es war recht weit entfernt. Wir konnten aber dennoch erkennen, dass es groß ist und offenbar den aufrechten Gang beherrscht. Da hatten wir wirklich Angst, weshalb wir dann in unsere Häuser geflohen sind. Nun ja, der nächste Morgen kam und er brachte die nächste Schandtat zum Vorschein. Es schmerzt mich sehr, Euch das sagen zu müssen, doch leider hatte das Wesen diesmal eine Katze getötet ... und sie auf einen Stock gespießt, der vor unserem Dorf im Boden steckte.«

Fenuku blickte betroffen nach unten. Die drei Minister schauten sich gegenseitig an, von einem zum anderen, während Teti einen nachdenklichen Gesichtsausdruck hatte. Nun erhob er sich langsam von seinem Thron und ging zur Seite des Raumes an ein hohes Fenster. Er sah in den Innenhof, der dahinter lag und Fenuku hatte den Eindruck, dass der König ihm nicht mehr zuhörte. Natürlich fuhr er trotzdem fort: »Zu allem Unglück war das noch nicht das Schlimmste. Denn gestern Morgen fiel eine Frau dem Wesen zum Opfer: Monifa ist ihr Name.«

Teti drehte sich nun zu dem Sprecher um und schaute ihm ernst in die Augen.

»Wir fanden ihre Leiche vor dem Eingang der Höhle …«

Es wurde Fenuku immer unangenehmer, über dieses Unsägliche berichten zu müssen.

»Monifas Mann, Onuris, … er war danach nicht mehr bei Verstand. Er wollte das Wesen finden und ihm ein Ende machen. Er war zu allem bereit. Und in der vergangenen Nacht hat schließlich auch er den Tod erleiden müssen. Auf einem Boot hat er gestanden. Da kam es, um ihn zu holen. Es hat ihn ins Wasser gezogen …«

Den letzten Satz hauchte er nur noch, denn er war den Tränen nahe. Wieder atmete er tief durch. Alle im Saal - sowohl die Gäste als auch die Minister und sogar der Pharao - standen still an einer Stelle und regten sich nicht. Ein Schweigen trat ein zum Gedenken an die zwei Toten.

Erst Teti wagte es wieder zu reden: »Könnt ihr alle bestätigen, dass das, was er gesagt hat, wahr ist?«

Dreizehn Köpfe nickten.

»Verstehe«, sagte der König und schritt wieder hinüber zum Thron. »Das ist wirklich schlimm. Und es tut mir von Herzen leid. Ich bedaure sehr, dass die zwei von uns gegangen sind.«

Dann sagte Fenuku: »Monifas Körper werden wir mumifizieren, doch Onuris' Körper wurde von den Tiefen des Nils verschlungen.«

»Dann müssen wir hoffen, dass sein Leib von den Wassern des Flusses bewahrt und gebettet wird. Dafür werde ich zu den Göttern beten. Auch für die Frau, Monifa, natürlich.«

»So ist es recht, mein König. Das hofften wir auch von Euch erwarten zu können. Dafür sind wir hier. Weil wir vermuten, dass all das aus einer Verärgerung der Götter hervorgehen könnte.«

»Das wäre eine Erklärung«, sagte Teti und setzte sich wieder auf seinen Thron. »Und da muss ich euch die Frage stellen: Habt ihr etwas getan, das eine oder mehrere Gottheiten in solche Wut versetzt haben könnte? Ich muss es offen und ehrlich von euch wissen. Denn ich kann zum gegenwärtigen Zeitpunkt, wenn ich so darüber nachdenke, nicht erkennen, warum die Götter zornig sein sollten - ausgerechnet auf euer Dorf.«

Fenuku drehte sich zu den anderen um. Leise redeten sie miteinander und suchten in der nahen Vergangenheit nach Ereignissen und Handlungen, die im Widerspruch zu ihrem Glauben gestanden haben könnten. Doch sie konnten sich nicht an solche groben Fehler erinnern. Also wandte sich Fenuku wieder dem Pharao zu und teilte ihm dieses Ergebnis mit. Dieser nickte und sagte: »Ich habe noch nie von so etwas gehört. Könnt ihr mir dieses Wesen nicht näher beschreiben?«

Sie versuchten es, und dabei sprachen nun auch andere als nur Fenuku. Aber Teti bekam dadurch kein klares Bild von Yammuch. Die schaurigen Laute ließen sich nur schwer beschreiben und das Aussehen war sehr ungenau, weil bisher niemand die Gelegenheit hatte, das Wesen aus der Nähe zu betrachten. Die drei Minister fingen an, zweifelnd dreinzublicken, als sie all das hörten.

Dann seufzte Teti.

»Ich sehe, es ist nicht leicht für euch«, sagte er. »Und ich stimme zu, dass das alles nicht natürlich klingt. Das heißt, ich werde mich mit den Göttern in Verbindung setzen und ihnen das Rind als Opferspeise darbieten.«

»Ja, mein König«, sagte Fenuku. »Wir bitten Euch inständig darum und wären Euch sehr dankbar, wenn ihr den Zorn besänftigen könntet!« Man hörte an seiner Stimme deutlich, wie nah ihm das ging.

»Ich werde mich damit im Rahmen meiner Möglichkeiten beschäftigen«, verkündete Teti. »Mehr kann ich jetzt in diesem Fall nicht für euch tun. Außerdem muss ich mich noch anderen Geschäften widmen.«

Die Gäste verstanden, dass die Audienz jetzt zu Ende war.

»Habt Dank für eure Hilfe«, erwiderte Fenuku und verneigte sich. Die anderen taten es ebenfalls. Und als sie dann zum Eingang des großen Saales gingen, schöpfte Sethos Hoffnung. Genau genommen war es der erste und einzige Lichtblick seit gestern.

›Durch unseren König kann sich die Sache wirklich zum Besseren wenden‹, dachte er, und es tat so gut, diesen Hoffnungsschimmer zu erkennen.

Der Pharao und die Minister schauten ihnen nach, wie sie den Saal verließen.

»Das war eine sehr seltsame Geschichte«, bemerkte Teti.

»Ja«, antwortete einer der Minister. »Das klang alles sehr fraglich oder eher unglaubwürdig, möchte ich meinen.«

»Aber sie haben es wirklich ernst gemeint«, erwiderte der Nächste.

»Was da wohl dahintersteckt, wüsste ich gern«, sagte der Dritte.

»Wie auch immer«, sprach nun wieder Teti, »uns ist wohl nicht alles Handeln und Wandeln in dieser Welt bekannt und so manche göttliche Absicht bleibt uns verborgen und ungeklärt.«

Die Minister stimmten ihm zu. Gerade kamen die Musikerinnen, die vorhin den Raum unbemerkt verlassen hatten, zurück, um ihr Spiel fortzusetzen.

Nun verließ die Gruppe das Gelände des Palastes, vorbei an den schönen Gartenanlagen und dann zurück durch die Stadt. Dabei sprachen sie nicht miteinander, sondern waren mit den eigenen Gedanken beschäftigt.

Schließlich tauchten der Hafen und das Schiff vor ihnen auf. Sie gingen an Deck und machten sich kurz darauf auf den Heimweg. So blieb die Stadt Memphis mit ihren weißen Mauern hinter ihnen zurück. Die Segel bauschten sich durch den stetigen Nordwind, der die Fahrt gegen die Strömung erleichterte. So ging es vorwärts und immer weiter. Irgendwann stimmte jemand ein Lied an und schon begannen sie alle gemeinsam zu singen. Ihre Blicke waren dabei auf das Wasser, aber auch auf das Ufer gerichtet, das flach oder steil und steinig oder sandig war. Das Lied war ruhig, vielleicht ein bisschen traurig, aber auch hoffnungsvoll. So passte es irgendwie zum heutigen Tag.

Die Nachmittagssonne war schon weit am Himmel gewandert, als sie an ihrem Heimatort anlegten. Nach kurzer Zeit kamen einige Menschen herbei und belagerten die Ankömmlinge mit ihren Fragen. Man erzählte den Leuten, wie die Fahrt verlaufen war, wie der kurze Aufenthalt in Memphis war und natürlich, was sie mit ihrem König beredet hatten. Bald wussten alle

Verwandten, Freunde und Bekannten, was Teti II. für das Dorf und gegen dieses akute Problem zu tun beabsichtigte.

Den Rest des Tages widmeten sich die Ägypter noch ihrer Arbeit und waren dabei zumindest ein bisschen beruhigt.

EIN UNGUTES VORZEICHEN?

Der nächste Tag versprach ein guter zu werden. Die Sonne umrandete die vereinzelten Wolken mit einer orangenen Tönung, kurz nachdem sie aufgegangen war. Da machte sich Sethos gerade auf den Weg, und zwar auf die Äcker und Felder, die dem Dorf angehörten. Die Aussaat war hier schon weit vorangeschritten. Und sodass Getreide und Gemüse ordentlich wachsen und gedeihen konnten, mussten die Felder ständig mit Wasser versorgt werden. Die zahlreichen Bewässerungskanäle mussten immer wieder gepflegt werden, und bei dieser Arbeit würde Sethos heute helfen. Manche Bauern und Helfer waren schon da, andere kamen noch. Bei der Arbeit auf und an den Feldern waren immer viele Hände tätig und man war nie allein. Sethos fand Gefallen an diesem regen Treiben. Zwar arbeitete er auch gerne für sich, so zum Beispiel beim Angeln oder bei der Fischjagd mit dem Speer. Aber hin und wieder war es einfach schön, Leute um sich herum zu haben und zu wissen, dass alle gemeinsam einer Sache nachgingen. Zumal es in Zeiten wie diesen wohl sicherer war, in Gesellschaft zu sein.

Mit der Zeit wurde es wärmer, denn die Sonne stieg am Himmel auf und sie wurde nur selten von Wolken verdeckt. Schattenspendende Palmen gab es hier zwischen den Äckern nur wenige. Sie standen vermehrt am Nilufer, zusammen mit vielen Sträuchern und kleinen Bäumen und zogen sich dort als ein grüner Streifen von Gebüsch hin, aus dem Vögel geheimnisvoll zwitscherten.

Später wechselte Sethos zu anderen Feldern und dann kam er in nördlicher Richtung an eines der entlegensten, das nicht weit von der Höhle entfernt war. Sethos konnte nicht leugnen, dass sein Blick mehrmals zu jener Stelle wanderte, wo der Eingang lag und wo Onuris erst vorgestern ums Leben gekommen war. Und als er einmal mehr dort hinschaute, geschah es, dass ein Tier den Hang heraufkam. Ein grauer Kopf mit brauner Schnauze und langen Ohren kam zum Vorschein. Ein Schakal. Vielleicht hatte er am Fluss getrunken. Er blieb kurz stehen und sah die Menschen an, die etwa 100 Meter von ihm entfernt waren. Lauschend richtete er seine langen Ohren nach vorne. Er beschloss von hier zu verschwinden und trottete davon. Sethos beobachtete das Tier, wobei ihm ein Gedanke kam. Denn die Tiere galten in Ägypten schon seit jeher als Kommunikationsträger zwischen den Göttern und der Menschenwelt. So erschien es Sethos als höchst seltsam, dass ausgerechnet ein Schakal - die Verkörperung des Anubis - gerade hier in dieser Gegend herumlief. Gab es vielleicht eine Verbindung zwischen der Höhle als Ort des Schreckens und Anubis, dem Gott der Verstorbenen und des Totenkultes? Hatte der Schakal womöglich zu bedeuten, dass hier wirklich eine Verknüpfung zur Unterwelt bestand? Das alles könnte wohl ein böses Zeichen sein. Doch Sethos zog auch in Betracht, dass es sich bloß um einen Zufall handelte und widmete sich mit dieser Vorstellung wieder seiner Arbeit.

Der Tag ging dahin und der Gedanke an den Schakal ließ ihn einfach nicht mehr los, aber er versuchte trotzdem, sich auf das Wesentliche, nämlich das Entfernen von Steinen und abgelagertem Morast aus dem Kanal zu konzentrieren. Und schließlich durfte er nicht die verheißungsvolle Ankündigung Tetis II. vergessen. Der König würde in dieser Sache bestimmt etwas bewirken können. Und jetzt galt es, sich darauf zu verlassen.

Der Abend kam näher und schon bald saß Sethos wieder zu Hause mit seiner Familie beim Abendessen. Wie immer legten sie sich schlafen, sobald die Nacht begann und die Erwartung, dass es eine ruhige Nacht werden würde, war groß. Auch wenn Sethos nochmal an den Schakal denken musste, war er so gut wie überzeugt davon, dass kein Unheil mehr zu befürchten war.

Später irgendwann sah er das Flussufer des Nils, genauer eine sandige Stelle, die bis auf ein wenig Gras von keinem Gestrüpp bewachsen war. Und dort lag im Sand eine Gruppe Krokodile beisammen und bildeten einen Kreis. Jedes der Tiere richtete seine Schnauze in die Mitte des Kreises, in dem ein Krokodil lag. Diesem fehlte der Kopf. Am Rumpfende quoll blutig das Innere des toten Tieres hervor. Die anderen Krokodile fauchten und hoben und senkten dabei dauerhaft ihre Köpfe, als würden sie ihren toten Artgenossen bedauern. Doch Sethos war sich nicht sicher, ob ihr Verhalten wirklich ein Zeichen der Trauer war. So langsam kam es ihm eher so vor, als feierten sie es und machten sich einen makaberen Spaß daraus. Sethos selbst tat das enthauptete Krokodil leid. Andererseits machte ihm die Vorstellung Angst, dass sich der abgetrennte Kopf irgendwo befinden musste. Und er wusste ganz genau, dass der Kopf an irgendeinem Ort war, wo er nur darauf lauerte, dass Sethos plötzlich und unerwartet über ihn stolperte. Er spürte, dass es so war. Und nun konnte er noch etwas anderes wahrnehmen: eine Präsenz direkt hinter ihm. Da drehte er sich um und sah die Höhle. Kalt und pechschwarz tat sich der Eingang vor seinem Blick auf. Mit einem Mal wollte er ganz dringend in Deckung gehen, denn er konnte förmlich wittern, da kam etwas auf ihn zu, allerdings nicht aus der Höhle. Wieder schaute er zum Ufer und merkte, dass da nicht mehr die Krokodile lagen, sondern nur das Wasser, aus dem sich gerade etwas erhob. Es war von menschlicher Gestalt. Gebeugt und gebrechlich stand der Körper aus dem Schlamm des Flussgrundes auf. Sethos erkannte voller Entsetzen, wer das war.

»Onuris!«, stammelte er.

Der triefend nasse Körper war ausgemergelt, die Haut blass und teilweise mit Algen überzogen. Seine dünnen Arme richtete er nach vorne, während die kalten Hände tot herunterhingen. Jetzt taumelte er zappelnd und zuckend auf Sethos zu, den Mund offen, die Augen leer und gab dabei ein jämmerliches Stöhnen von sich. Sethos wollte nichts als weg von hier. So drehte er sich um und setzte einen Fuß vor den anderen, doch er kam kaum voran. Mit größter Anstrengung versuchte er zu rennen, aber es war, als stünde er im tiefen Wasser. Die Umgebung erschien ihm dunkel. Nur schleierhaft konnte er den sandigen Boden, die Steine und die Sträucher erkennen. Die grauenverzehrte Stimme von Onuris war dicht hinter ihm - klar und deutlich, als wäre sie in seinem Kopf. Seine kaum beweglichen Beine ließen ihn zu Boden sinken und dort kauerte er sich hin, hielt sich die Ohren zu und kniff die Augen zusammen.

Dann wachte er auf und fand sich im Zimmer seines Hauses wieder. Das fahle Licht der Morgendämmerung fiel durch die kleinen Fenster hinein. Neben ihm bewegte sich Mara, dreht sich zu ihm und richtete sich schließlich auf.

»Was ist los?«, fragte sie und schaute ihn leicht alarmiert an.

Offenbar war Sethos nicht ganz lautlos aus seinem Traum aufgefahren. Er hob den Kopf und schaute seine Frau an. Dann ließ er ihn wieder sinken und rieb sich die Augen.

»Ach, ich habe nur geträumt«, sagte er mit belegter Stimme und ihn durchfuhr ein unschönes Gefühl, als könnte sich der Traum dafür rächen, dass Sethos ihn so verharmloste.

DIE DROHENDE WAND

Die Familie war aufgestanden und Mara bestand darauf, dass Sethos ihr von seinem Traum erzählte. Sie wusste, dass es ein schlechter war und wollte solche Dinge mit ihrem Mann offen bereden.

»Also gut, es war ein Albtraum«, sagte Sethos.

»Das verstehe ich doch«, erwiderte Mara. »Aber was genau ist denn passiert? Sprich mit mir darüber. Das hilft.«

Sethos erinnerte sich an den Kreis der Krokodile. Und dann rief er sich das Bild von Onuris in den Kopf, wie dieser sich in seiner toten Verfassung aus dem Wasser erhoben hatte, von den natürlichen Verfallprozessen schwer angenagt. So unschön es auch war, er erzählte Mara trotzdem, was er gesehen hatte, doch er machte es recht kurz. Mara hörte ihm aufmerksam zu. Und als er zu der Stelle mit Onuris kam, merkte sie, dass es ihm nicht leicht war, so etwas auszusprechen. Sethos gefiel es nicht, diesen Albtraum zu schildern und er wollte schnell zum Ende kommen.

Schließlich hatte Mara gehört, was sie hören wollte, und beließ es dabei.

»Na ja, es war eben ein böser Traum«, sagte sie nochmals versichernd.

»Ja ... nur ein böser Traum«, erwiderte Sethos und fühlte Beunruhigung, weil ihn das ganze Thema des Traums so beschäftigte und gewissermaßen verfolgte. Am gestrigen Tag der Schakal und in der letzten Nacht ein Albtraum.

Doch immer muss auf die dunkle Nacht der helle Tag folgen und so auch hier. Der frische Morgen legte sich über das Land und Sethos startete in den Tag, während sich der Traum mit seiner furchterregenden Art entfernte. Er musste selten an ihn denken, als er wieder zwischen Feldern stand, am Rande eines Bewässerungskanals oder mit den Füßen im Wasser. Nur einmal hörte er sozusagen unfreiwillig ein Gespräch zwischen einem Jungen und dessen Vater mit, die gerade beide auf dem Acker nah bei Sethos standen.

Der Junge fragte seinen Vater etwas zögerlich: »Sind wir jetzt sicher? Ich meine vor dem bösen Ungeheuer.«

Sethos sah im Augenwinkel, wie sich der Vater (wahrscheinlich überrascht) zu seinem Sohn umdrehte.

»Mach dir keine Sorgen«, antwortete er. »Unser König ist darüber informiert und seitdem ist keine Spur mehr von dem Monster zu sehen.«

Damit war dieses Gespräch zwischen den beiden beendet. Tatsächlich empfand Sethos es als tröstlich, diese Worte gehört zu haben, denn sie waren hoffnungsvoll und das tat ihm gut. Nur musste er feststellen, dass seine Hoffnung bei dieser Angelegenheit bisher von unbewussten Befürchtungen überschattet gewesen war, fast als wüsste er, dass der Terror, den das Dorf hatte erleiden müssen, noch nicht vorüber sein konnte. Aber jetzt wusste er, dass die Leute (oder zumindest manche) optimistisch waren, was dieses Thema betraf.

Erst am Abend, als er müde wurde, holte ihn wieder ein gewisses Unbehagen ein. Es war der Albtraum. Auf keinen Fall wollte er etwas dieser Art noch einmal im Schlaf sehen und erleben.

Später lag er auf der Schilfmatte, während schwaches Mondlicht kaum erkennbar durch eines der Fenster schimmerte. Er wälzte sich hin und her und es dauerte, bis er einschlief.

Die Träume in dieser Nacht waren von durchaus angenehmerer Natur, als es in der vergangenen der Fall gewesen war. Irgendwann bestieg er einen Hügel und erblickte von dort aus die weite Wüste mit sandigen Dünen und steinigen Hügeln in der Ferne - undeutlich in der vor Hitze flimmernden Luft. Danach fing er an, sich seine Hände zu reiben. Das dabei entstehende Geräusch klang sehr rau, wie ein Schaben. Dann wachte er auf. Das Geräusch war immer noch da. Er stellte fest, dass es von draußen kam. Oder etwa nicht? Etwas musste wohl an der Hauswand kratzen und schaben. Sethos neigte vom Schlaf etwas benommen, seinen Kopf zu der Wand rechts von ihm, von der dieses Scharren kam. Im Raum war nichts zu erkennen, es war also wirklich an der Außenseite. Er blieb ganz still auf dem Rücken liegen und sein Gefühl der Schläfrigkeit verflog. Stattdessen fühlte er eine ungemütliche Anspannung. Er dachte an das Monster, stellte sich vor, wie es da draußen an seinem Haus kratzte. Dann hörte er Röcheln von außerhalb und sein Herz schlug ihm mit einem Mal bis zum Hals. Yammuch war an *seinem* Haus! Sein angestrengter Blick ging zur Decke. Angespannt lag er da und versuchte sich kein Stück zu rühren, so als wäre er nicht hier.

»Sethos, was ist das?«, fragte plötzlich Mara. Sie lag ebenfalls still, aber wach auf ihrer Matte und hatte gemerkt, dass ihr Mann aufgewacht war.

»Es ist das Monster«, flüsterte er.

Wieder erklang ein Keuchen, doch das Schaben hörte auf. Voller Angst lauschte Sethos darauf, was wohl als Nächstes passieren würde. Sein eigenes Atmen erschien ihm auf einmal als lautes Geräusch. Hatte das Wesen im Dunkeln womöglich das Geflüster von Mara und ihm gehört? Es folgten Schritte. Langsame Schritte auf dem trockenen Boden. Ihn durchfuhr das Grauen, als er an einem der kleinen Fenster dünne Gebilde sah, fast wie Spinnenbeine, die nach oben ragten, kurz vor der Öffnung erschienen und sich sogleich wegbewegten. Daraufhin setzte das Schaben wieder ein, diesmal an der Wand hinter Sethos. Nun wurden die drei Kinder aus ihrem Schlaf gerissen. Da standen Mara und Sethos gleichermaßen auf, um sie zu trösten und dazu zu veranlassen, möglichst ruhig zu sein. Leise sprachen sie auf ihre Kinder ein und nahmen sie in die Arme. Jetzt wussten sie alle, was da draußen auf sie lauerte. Das Monster begann tief zu knurren, als wollte es ganz gezielt die Angst seiner Opfer ins Unermessliche steigern.

Flüchtig dachte Sethos an die guten Worte des Mannes, die er am Tag auf dem Feld gehört hatte. Dabei kam ihm diese Heimsuchung des Yammuch wie ein Traum vor. Aber das hier war kein Traum. Sethos war wach und in Gefahr, so auch seine Familie.

Essam hielt sich die Ohren zu und schaute zitternd die Wand an, als könnte sie jeden Moment auf ihn stürzen. Sethos versuchte sich möglichst auf der gegenüberliegenden Seite des Raumes zu halten. Auch er fühlte sich von der Wand bedroht. Jetzt, da er mitten in der Nacht aufgeweckt wurde, war ihm kalt und der Schweiß an seinen Händen war dabei ziemlich stark.

Mara fragte: »Was sollen wir jetzt nur tun?«, als hätte sie Sethos' Gedanken erraten.

Ernst und irgendwie kleinmütig schaute er sie an. Er dachte an einen Speer zur Verteidigung, doch der nächste Speer lag außerhalb des Hauses.

»Ich wünschte, wir wären drüben bei Amosis«, stammelte er. »Das wäre wenigstens ein bisschen sicherer.«

Amosis lag unterdessen in seinem Haus nebenan und etwas drang an sein Ohr, sodass er schließlich aufwachte.

›Da draußen ist etwas‹, dachte er und beschloss nachzusehen. Er nahm sich leise eine Fackel und hielt sie in den Kamin in der Küche. Die Glut des erloschenen Feuers war nur noch sehr schwach und es dauerte, bis sich die Fackel entzündete. Inzwischen bewegte sich das Ungeheuer weiter an der Wand des Nachbarhauses entlang, bis Sethos und seine Familie im Inneren schließlich nichts mehr von ihm hörten. Da war nur noch das nächtliche Singen der Heuschrecken. Doch ihnen war klar, dass es noch ganz in der Nähe war und sie fürchteten, dass es jetzt versuchen wollte, durch die Eingangstür hereinzukommen. Sethos wusste, wenn das passierte, säßen sie in der Falle und konnten nur noch beten, dass das Monster nicht ins Wohnzimmer, wo sie sich befanden, eindringen würde. Die Kinder wimmerten leise vor sich hin und Sethos lauschte, ob das Öffnen einer Holztür zu hören war. Das war nicht der Fall, aber er vernahm etwas anderes: sanfte Schritte. Sie kamen nicht von dort, wo sich nach seiner Vermutung Yammuch jetzt befinden musste, sondern genau von der gegenüberliegenden Seite. Und nun schien von dort her Licht durch ein Fenster herein. Es musste das Feuer einer Fackel sein.

Dort draußen war gerade Amosis mit einer Fackel aus der Tür gekommen. Da stand er und schaute sich um. Nichts Auffälliges war zu sehen. Er hörte das leise Jammern und Geflüster aus dem Haus von Mara und Sethos. So trat er zwei Schritte näher an das Gebäude heran, um besser lauschen zu können, was da los war. Es war ihm nun gewiss, die Nachbarsfamilie wurde von Unruhen geplagt. Jetzt ging er um die Ecke des Hauses herum und stand somit an der Wand, an der Sethos das Schaben und Kratzen zuerst gehört hatte.

»Sethos? Mara? Ist etwas passiert bei euch?«, sprach Amosis in Richtung des Fensters.

Sethos vernahm die Stimme seines Freundes und empfand Erleichterung zu wissen, dass er derjenige mit der Fackel war, der dort herumlief.

»Amosis, du bist es!«, erwiderte er im Flüsterton. Dann fügte er nervös und drängend hinzu: »Du musst sofort dort verschwinden! Das Monster ist da draußen! Geh in Sicherheit!«

Amosis fuhr erschrocken herum. Zu seiner Haustür waren es nur wenige Schritte. In Eile bog er um die Ecke und hielt auf die Tür zu, doch bemerkte einen riesenhaften Schatten außerhalb des Fackellichtes, der zwischen den Häusern stand. Er konnte gar nicht anders, als stehen zu bleiben und sich einzugestehen, dass es ein äußerst unüberlegter Einfall war, rauszugehen. Jetzt setzte die Gestalt einen Schritt nach vorn, direkt auf ihn zu! Als sie vom flackernden Fackellicht berührt wurde, sah Amosis Zähne aufblitzen. Zähne in einer Krokodilschnauze am oberen Ende der Gestalt. Das

Grausen packte ihn vollkommen und er rannte los um die Hausecke, um die er gerade gekommen war. Das Monster zögerte nicht und setzte ihm sofort mit mächtigen Schritten nach. In dieser Nacht lernte Amosis was es hieß, um sein Leben zu rennen. Und Yammuch? Nun, es hatte sein nächstes Opfer gefunden.

EINE MISSLICHE LAGE

Gerade waren da noch die Schritte von Amosis gewesen, die sich auf dessen Haustür zu bewegten. Dann die Stille. Und schließlich wieder die Schritte von Amosis - allerdings rennend und rasch verfolgt von weitaus bedrohlicheren Schritten. Das war es, was Sethos gehört hatte. Jetzt schauten sich Mara und er mit großen Augen an, während sich die Geräusche der Verfolgung entfernten.

»Es hat ihn entdeckt«, brachte Mara hervor und schlug sich erschrocken die Hand vor den Mund.

»Amosis …«, stammelte Sethos.

Die Kinder schauten ihn noch immer ängstlich, aber auch erwartungsvoll an. Jetzt waren Taten gefragt. Sethos verließ rasch das Zimmer, ging dann zur Haustür und lugte vorsichtig nach draußen. Niemand war da und er konnte sich jetzt wenigstens sicher sein, dass auch Yammuch nicht mehr in der Nähe war. Doch ihn überkam die völlige Ratlosigkeit. Was sollte er nur tun? Eigentlich wollte er hier bei seiner Familie im einigermaßen sicheren Haus bleiben und nicht dort raus in die gefahrvolle Nacht. Aber er konnte doch Amosis nicht einfach dem Tod überlassen. Schließlich ging er unsicher nach draußen und nahm sich den nächsten Speer.

»Sethos, was hast du vor?« Mara tauchte in der Tür auf.

»Bleib bei den Kindern!«, war seine Antwort, während er zügig in die Richtung ging, in die Amosis eben gerannt war.

»Sethos!«, hörte er Mara hinter sich rufen.

Er drehte sich nicht um. Er setzte zum Lauf an.

›Amosis würde mich nicht fallen lassen. Er würde kommen und wenigstens versuchen, mich zu retten‹, dachte er bei sich und baute all seine Hoffnung und Entschlossenheit auf diesem Gedanken auf. Es war kalt und sein Herz schlug rasend.

Amosis floh durch den Ort, hörte hinter sich den Tod, wie er ihm dicht auf den Fersen war. Mehrere Male schlug er einen Haken nach links oder rechts und bog so durch möglichst viele enge Gassen in der Hoffnung, den Verfolger abschütteln zu können. Das führte dazu, dass er nicht mehr sicher war, ob das Monster noch hinter ihm her hetzte oder ob es einen anderen Weg genommen hatte, um ihm eine Falle zu stellen. Amosis wusste es nicht. Er wusste nur, dass er rennen musste, so schnell es nur ging. Manchmal war er gezwungen, über Krüge zu springen, die im Licht der Fackel vor ihm auftauchten oder an Leitern vorbeizuhechten, die an Häuser angelehnt standen.

Schließlich passierte er die letzten Häuser des Dorfes und befand sich auf der freien Ebene. Jetzt gab es kein Hakenschlagen mehr, jetzt gab es nur noch das Geradeaus. Er fühlte seine Ausdauer nachlassen. Länger würde er das nicht mehr aushalten. Da erschien vor ihm ein Getreidespeicher - ein kleines rundes Gebäude mit einer Kuppel, an dessen Seite sich eine schmale Treppe nach oben wandt. Er beschloss hoch auf die Kuppel zu eilen, denn sie erschien ihm als die beste Zuflucht, die er jetzt noch bekommen konnte. Auf der Treppe nahm er zwei Stufen auf einmal. Dann stand er oben wie auf einem Aussichtspunkt und konnte die dunkle Gegend überblicken. Hechelnd schaute er sich um. Keine Spur vom Monster. Auch hören konnte er es nicht. War er ihm etwa entkommen? Hatte er sein Leben gerettet? Er setzte sich hin, um besser verschnaufen zu können. Hier war er nun auf einer einsamen Insel inmitten eines Meeres aus bedrohlicher Dunkelheit. Vielleicht hatte sich Yammuch irgendwo in der Nähe versteckt und wartete nur darauf, dass Amosis gutgläubig zurückging. Er dachte an sein zu Hause und es kam ihm vor, als wäre es ein unvorstellbar weiter Weg bis dorthin. Jetzt konnte er nur abwarten und wünschen, dass er bis zum Morgengrauen hier ausharren konnte.

Gute drei Minuten saß er da oben, bis etwas aus dem Dorf kam und sich in seine Richtung bewegte.

»Amosis«, rief eine Stimme. Sethos war es, der da kam.

Amosis sagte nichts und Sethos' Gesicht erschien zu ihm hochschauend im Licht. Sprachlos schaute er zu seinem Freund und Nachbarn herunter, der ihm erschien wie eine liebende Mutter, die kam, um ihr Kind zu trösten, weil es von Albträumen geplagt wurde. Und als sie kam, verschwanden alle bösen Geister. Unvermittelt fing Amosis an zu weinen. So kauerte er sich auf der Kuppel zusammen und wollte nichts mehr wissen von den Schrecken dieser Welt. Sethos ließ den Speer auf der Treppe liegen, stieg auf den Getreidespeicher und stellte sich hinter Amosis. Dann kniete er nieder und legte ihm die Hand auf die Schulter.

»Sei stark!«, sagte er. »Das müssen wir alle sein.«

Nun stand Amosis auf, immer noch die Fackel in der Hand, drehte sich um und fiel Sethos in die Arme. Dieser klopfte ihm kameradschaftlich auf den Rücken.

Dann schauten sie sich ins Gesicht und Amosis sagte: »Ich werde stark sein, ... auch wenn es schwer ist.« Das war der Amosis wie Sethos ihn kannte.

Bald kam ein fahles Licht von Osten auf - der Morgen näherte sich. Sie gingen herunter und geradewegs zum Dorf. Beide hatten sie ein ernstes Gesicht. Amosis' Blick schien beinahe zornig zu sein, gepeinigt von der Panik und dem Horror dieser Nacht. Als sie durch den Ort gingen, standen nicht wenige Menschen vor ihren Häusern und wunderten sich, was sie gehört hatten und was geschehen war. Doch die zwei Männer sprachen kein Wort mit ihnen.

Sie kamen zur Mitte des Dorfes und als Mara aus der Tür schaute und die beiden sah, eilte sie ihnen entgegen. Kurz darauf kam auch die Frau von Amosis. Die Männer erzählten, was passiert war, auch wenn es nicht leichtfiel. Bestürzt waren sie heute alle. Danach untersuchte Sethos die Außenwände seines Hauses und entdeckte leichte Kratzspuren. Er wollte nicht daran denken, was Yammuch wohl durch das Schaben hatte bewirken wollen.

Nun brach der Morgen endgültig an und immer mehr Dorfbewohner kamen mit vielen Fragen. Die beiden Nachbarsfamilien waren wenig begeistert, sie zu beantworten und die Lage zu erklären - Amosis am allerwenigsten. Trotzdem bekamen die Leute die Wahrheit aus ihnen heraus. Manche waren schockiert, andere behaupteten, so etwas schon erwartet zu haben.

War es letztlich also vergeblich gewesen, den Pharao um Hilfe zu bitten? Wer konnte das schon wissen?

An diesem Morgen waren sie alle wie vom Schlag getroffen. Sie waren in einer misslichen Lage, doch durften jetzt nicht verzweifeln. Also wandten sie sich der Arbeit zu. Sethos ging heute wieder dem Fischfang nach. Dazu fuhren er und Essam mit zwei kleinen Booten auf eine nahe Flussinsel, die sich länglich mitten durch den Nil zog. Dort wollten sie Fische sowohl mit der Angel als auch mit dem Speer fangen. Es war Sethos klar, dass hier aufgrund der Lage ein Risiko bestand, aber heute musste er mal wieder Fisch erbeuten. Außerdem konnte er dabei gut nachdenken und das Geschehene besser verarbeiten. Und schließlich war er ja nicht mal mehr in den eigenen vier Wänden vor der Gefahr geschützt, weshalb es ihm recht gleich war. Er verbrachte den Tag mit seinem Sohn an der nördlichsten Spitze der Flussinsel. Eigentlich ein schöner Ort inmitten des Flusses und grün bewachsen mit Palmen, hohen Sträuchern und stellenweise dichtem Schilf. Doch Trübsal stand an der Tagesordnung. Und so sprachen die beiden auch nur sehr wenig miteinander. Das Angeln war nach all dem Stress entspannend und Sethos erinnerte sich an sein Geschenk für Essam: Die eigen gefertigte Angel, für die noch ein besonderer Haken fehlte. Das war wohl ein Vorhaben, welches er jetzt hinausschieben würde, bis es als ein unerfüllter Wunsch unter Wellen täglicher Angst unterginge. Konnte ein Vater nicht mal mehr seinem eigenen Sohn ein stolzes Geschenk bereiten? Es bedrückte Sethos sehr, dass er gezwungen war, seine Kinder in diesem Terror aufwachsen zu sehen. Das konnte so nicht weitergehen! Seine Familie war in Gefahr und er selbst mit ihr. Es wäre das Allerschlimmste, wenn er so enden müsste wie

Onuris: erst mit dem Verlust seiner Liebsten und dann schließlich mit dem Verlust seines Verstandes. Das wäre ein Albtraum, den er nicht aushalten könnte. Er hielt inne, sich dieses tödliche Szenario vorzustellen und kam dabei auf einen neuen Gedanken.

›Ich könnte mit meiner Familie von hier verschwinden‹, dachte er. ›Einfach weg in ein fernes Dorf oder eine Stadt, vielleicht sogar nach Oberägypten.‹ Doch er ließ diesen Plan schnell wieder fallen, denn es war nicht üblich, einfach so den Wohnort zu wechseln. Und außerdem würde es bedeuten, seine Heimat zu verlassen, was ein schwerer Schritt wäre und auch von seinem besten Freund Amosis müsste er sich (vielleicht für immer) verabschieden.

Während er so nachdachte, zog der Tag dahin und bald fing die Sonne langsam an, sich zu neigen. Da ging Essam weg, um noch mit anderen Kindern zu spielen. Als er auf sein Boot stieg, bat sein Vater ihn vorsichtig zu sein, doch von hier bis hinüber zum Westufer war es nicht weit und Sethos konnte ihn während der kurzen Überfahrt im Auge behalten. Essam versprach aufzupassen und legte dann ab. Alleine blieb Sethos zurück und schaute seinem Sohn hinterher, wie er bald am Ufer angelangte, das Boot an Land zog und schließlich in Richtung Dorf ging.

So stand er noch hier und der Nachmittag wurde nach und nach spät. Eine gute Stunde verging und die Sonne neigte sich weiter, bis das Licht begann abzunehmen. Nicht mehr lange und Sethos würde nach Hause gehen. Aber irgendwie hatte er das absurde Gefühl, dass er gar nicht nach Hause wollte, als wären dort alle seine Probleme, denen er so aus dem Weg gehen konnte. Als wollte er lieber hierbleiben und still und ergeben abwarten, was die Nacht und das Schicksal ihm bescherten.

›Was für eine wirre Empfindung‹, dachte er dabei.

Da erblickte er einen Mann am Ufer, der gerade mit dem Boot, das Essam vorhin dort abgestellt hatte, auf den Fluss fuhr. Es war Amosis, der unerwartet auf ihn zu kam. Eine Minute später war er bei Sethos auf der Flussinsel und begrüßte ihn.

»Man hat mir gesagt, dass ich dich hier finden werde«, sagte Amosis.

»Ja«, erwiderte Sethos. »Schön, dass du hier bist. Gibt es denn irgendetwas?«

Amosis seufzte und sagte: »Leider ja. Es ist nichts Gutes.«

»Oh … ich weiß nicht, ob ich das jetzt vertragen kann.«

»Ich verstehe, was du meinst. Aber ich kann es dir nicht vorenthalten. Ziemlich nah am Dorf, von Norden her, hat eine Gruppe Kinder gespielt.«

Als er das hörte, musste Sethos sofort an Essam denken. Mit klopfendem Herzen schaute er Amosis an.

»Und wie aus dem Nichts«, fuhr dieser fort, »hat das Ungeheuer sie angegriffen.«

»War eines meiner Kinder dabei?«, unterbrach Sethos ihn. »Oder Pal?«

»Nein«, sagte Amosis schnell. »Unsere Kinder waren nicht dort. Aber jedenfalls hat es sich unbemerkt herangeschlichen und ist dann auf die Gruppe losgestürmt. Es hat, Horus sei Dank, niemanden erwischt und war schnell wieder weg. Sie sind nochmal mit einem Schock davongekommen. Aber dass es überhaupt dazu kam, nah am Dorf und bei Tageslicht, macht mir große Sorgen.«

Sethos sagte nichts.

»Tja, und deswegen bin ich zu dir gekommen.«

»Weißt du noch«, sagte Sethos dann, »dass du das alles einen bösen Traum genannt hast? Da wussten wir noch nicht, was dieser Schrecken noch zu bieten hat.«

»Oh ja«, erwiderte Amosis und schaute mindestens genauso gedankenversunken drein wie Sethos.

»Sag mal Amosis, wie geht es dir eigentlich nach der letzten Nacht?«

»Na ja …«, seufzte er, »es ist alles nicht einfach. Ich bin hin und her gerissen. Was vergangene Nacht passiert ist, hat eine tiefe Angst in mich gesetzt. Aber ich glaube, es hat auch einen Kampfeswillen in mir erweckt.«

Sethos wusste, dass es seinen Freund hart getroffen hatte, und er empfand tiefes Mitleid mit ihm. Es tat ihm von Herzen leid, dass das alles geschehen war. Dass alle in diese Sache hineingezogen wurden. Eine gewöhnliche Dorfgemeinschaft, die täglich schuftete, für das Land, den König und sich selbst, und die nun im Würgegriff eines schier überirdischen Schreckens stand.

»Du erinnerst dich doch auch noch daran«, sprach Amosis weiter, »wie ich gesagt habe, dass wir, wenn wir nichts dagegen unternehmen, hier wie Verfluchte leben werden?«

»Ja«, nickte Sethos.

»Ich fürchte mich davor, dass diese Vorhersage wahr wird. Aber gleichzeitig spüre ich in mir den Drang, zu tun, was nötig ist, dass es gar nicht erst so weit kommt. Es … ist nicht leicht.«

Nach einem kurzen Schweigen antwortete Sethos: »Ich verstehe.«

AUF DER FLUSSINSEL

Da standen sie, die zwei Ägypter am Rande der Flussinsel. Hinter ihnen ein Akazienbaum und Buschwerk, vor ihnen das langsam dahinfließende Wasser. Ihre Gesichter gezeichnet von Sorge. In Gedanken schauten sie umher, bis sich irgendwann ihre Blicke trafen und sie sich wieder an die aktuellen Ereignisse erinnerten.

»Also«, begann Sethos, »was tun wir jetzt?«

»Ich denke, wir sollten erst einmal hier weg und zurück ins Dorf«, sagte Amosis.

»Ja, du hast recht.«

Gerade wandt Sethos sich um und nahm die Angel, die er hinter sich auf den Boden gelegt hatte, da schoss auf einmal laut und schnell etwas Großes aus dem Wasser auf die beiden Männer zu. Er ließ die Angel sofort fallen und stolperte fast beim Zurückweichen vor dem Tier, was da aus dem Fluss sprang. Amosis packte ihn kurz am Arm und dann rannten sie beide fort, in Richtung der Inselmitte. Zwischen spritzendem Wasser und dem plötzlichen Schreck hatte Sethos, wenn auch nur flüchtig, erkannt, dass es Yammuch war. Und jetzt bahnte er sich aufgescheucht, wie ein Fluchttier mit seinem Freund einen Weg durch das Dickicht. Weg von hier wollte er! Nichts als weg. Manchmal sprangen sie über Tümpel und kleine Wassergräben, die sich vor ihnen auftaten und die Flussinsel durchfurchten. Bestimmt 300 Meter hatten sie schon zurückgelegt, als sie hinter sich einen Schrei des Monsters hörten. Er klang fern. Es musste wohl an dem nördlichen Ende der Insel, wo es die Männer verjagt hatte, zurückgeblieben sein. Nun blieben sie endlich stehen, da sich ohnehin vor ihnen das Wasser tiefer und breiter auftat als bisher. Denn hier durchschnitt der Fluss die Insel und man musste einen weiten Sprung machen, um auf dem nächsten trockenen Boden zu stehen. Nebeneinander kauerten sie sich hinter einen Strauch und schauten durch Zweige und Blätter zurück.

»Und was tun wir *jetzt*?«, fragte Amosis heftig atmend. »Wir sind hier und das Ungeheuer ist bei unseren Booten. Und da ist auch alles andere. Mein Speer, den ich mitgebracht habe und deiner auch. Wir kommen nicht an sie heran, um uns zu wehren. Ansonsten wäre das jetzt eine Gelegenheit, um kurzen Prozess mit ihm zu machen.«

Da war der Kampfeswille, den Amosis gemeint hatte.

Angestrengt dachte Sethos nach und versuchte möglichst schnell eine Lösung zu finden.

»Wir müssen hier warten«, war das Einzige, was ihm einfiel.

»Aber wenn es kommt?«, erwiderte Amosis. »Ich fürchte mich.«

»Ja …«

Einige Momente vergingen und sie schnappten weiter nach Luft. Nochmal erklang der heisere Ruf des Monsters laut und schrill, und verriet ihnen, dass es immer noch fern war. Als es wieder still war, fing Sethos an, sich nervös umzuschauen. Dabei untersuchte er das Wasser hinter sich, als könnte dort wieder etwas herausspringen.

Dann sprach er leise: »Warum nur muss es ausgerechnet hier sein? Hat es uns aufgespürt?«

»Ich habe rein gar nichts von seinem Kommen bemerkt«, sagte Amosis.

Sie schauten und lauschten weiter. Es war jetzt schon Abendzeit und Sethos dachte an seine Familie, bei der er jetzt eigentlich sein müsste, um mit ihr das Essen einzunehmen.

»Ich will hier weg«, sagte er verzweifelt und wischte sich die verschwitzten Hände ab.

»Ich auch«, sagte Amosis. »Und wahrscheinlich weiß dieses verdammte Scheusal das auch. Jetzt wartet es dort so lange, bis wir in unserer Hoffnungslosigkeit irgendwann kommen, um mit den Booten zu fliehen. Verflucht sei es!«

»Amosis«, sagte Sethos dann langsam und irgendwie endgültig, »wir sitzen in der Falle.«

»Denk daran, das ist nicht das erste Mal«, erwiderte Amosis.

»Aber vielleicht das letzte …, wenn wir nicht mit größter Vorsicht handeln.«

»Es muss doch einen Weg geben.«

Plötzlich hörten sie Stimmen - ganz leise, als wäre es Einbildung. Sie schauten hinüber zum Westufer des Flusses und konnten dort tatsächlich Bewegung feststellen. Mehrere Personen liefen da, doch waren hinter Schilfdickicht nur schwer zu sehen. Sie erkannten mehr als ein halbes Dutzend Frauen und Männer, als die Gruppe an eine freiere Stelle des Ufers kam, wo sie gut zu sehen waren.

»Moment mal«, flüsterte Sethos. »Da ist doch Mara!«

So war es tatsächlich, und auch Amosis' Frau war dabei. Jetzt schöpften sie Hoffnung.

»Vielleicht haben sie die Schreie des Ungeheuers gehört«, vermutete Amosis.

»Du hast recht. Sie wissen, dass ich hier bin und dass du zu mir gekommen bist. Sie haben sich Sorgen gemacht und jetzt schauen sie, wo wir nur bleiben.«

»Und müssen voller Entsetzen feststellen, dass Yammuch auch hier ist, um uns zu holen.«

Doch schienen sie noch nicht die Anwesenheit des Monsters bemerkt zu haben, da sie sich weiterhin normal unterhielten.

Dann rief einer der Männer aus der Gruppe: »Amosis! Sethos!«

Daraufhin richtete sich Amosis auf und rief: »Wir sind hier!«

Sethos packte ihn am Arm.

»Sei still!«, sagte er drängend.

»Wenigstens wissen sie jetzt, wo genau wir sind«, entgegnete Amosis.

»Ja, aber Yammuch weiß es auch!«

Wieder warteten die beiden und schauten zu der Gruppe, die jetzt wild diskutierte. Sie waren sich wohl uneinig, versuchten abzuwägen, welche Gefahr bestand und was jetzt zu tun war.

»Wir können jetzt nicht mehr hierbleiben«, sagte Sethos unruhig. »Wir müssen weiter.«

»Ja. Aber weiter zum anderen Ende der Insel geht es hier nicht, es sei denn, wir schwimmen durchs Wasser. Lass uns also vorsichtig ein Stück den Weg zurückgehen, den wir gekommen sind.«

Sethos wollte fast widersprechen, aber er hatte selbst keine bessere Idee und schon folgte er Amosis. So gingen sie langsam durch die Vegetation, den Blick nach vorne und zu der Gruppe am Ufer gerichtet. Bei jedem Rascheln blieben sie ängstlich stehen und lauschten. Ziemlich langsam kamen sie voran und allmählich setzte die Dämmerung ein, was die Sicht beeinträchtigte. Als sie wieder stehen blieben, diesmal an einer freien Stelle, schauten sie zu der Gruppe, die noch immer unverändert dastand.

»Wahrscheinlich warten sie darauf, dass wir mit den Booten kommen«, sagte Amosis.

»Keine Ahnung«, erwiderte Sethos. »Ich weiß nicht, was sie tun.«

»Gehen wir weiter.«

Doch da war es Sethos, als hätte er gerade noch etwas anderes am Westufer gesehen.

»Warte mal!«, sagte er und versuchte etwas zu erkennen. Und tatsächlich! Da bewegte sich etwas auf die Gruppe zu. Ein recht großer Schatten zwischen Schilf und Sträuchern. Langsam und verstohlen, wie ein Raubtier auf der Pirsch, sah er aus.

»Das ist doch nicht etwa …«, sagte Amosis, der es jetzt auch entdeckt hatte.

»Warum merken die denn nichts?« Sethos befürchtete das Schlimmste, denn der Schatten war schon ganz nah an der Gruppe dran. Näher und näher schlich er heran und die Menschen waren sich der Gefahr immer noch nicht bewusst.

Sethos sah keinen anderen Ausweg, holte tief Luft und schrie: »Yammuch! Es kommt auf euch zu!«

Erst schauten alle in die Richtung, aus der das Rufen kam, dann drehten sie schlagartig ihre Köpfe erschrocken hin und her und ohne jede Zögerlichkeit rannte das Monster auf sie los. Sofort flohen sie und verteilten sich dabei in verschiedene Richtungen. Einem der Männer war Yammuch dicht auf den Fersen, doch dann ließ es von ihm ab und gab sich damit zufrieden, der Gruppe eine Heidenangst eingejagt zu haben. Von den Menschen war keine Spur mehr zu sehen und das Monster trottete dahin zurück, wo sie eben noch gestanden hatten.

Nun eilten sich Amosis und Sethos schnell ihre Boote zu erreichen, denn vielleicht war das jetzt ein Zeitfenster, in dem sie es an Land schaffen konnten. Als sie dort ankamen und alles so vorfanden, wie sie es verlassen hatten, hielten sie dennoch inne und überlegten.

»Ich glaube, wir können noch nicht nach drüben fahren«, sagte Sethos, »weil es das Ufer blockieren kann. Oder - was noch viel schlimmer wäre - es kann während der Überfahrt auf uns zu schwimmen und uns ins Wasser stoßen.«

Dabei musste er sich an Onuris erinnern und es lief ihm kalt den Rücken herunter.

»Ich weiß, ich weiß«, sagte Amosis. »Wir müssen es aber jetzt versuchen. Denn hier haben wir keine Fluchtmöglichkeit, falls das Monster zur Mitte der Flussinsel kommt, und ich fürchte, genau dahin ist es gerade auf dem Weg, weil es dich eben von dort rufen gehört hat.«

»Das kann schon sein. Aber was, wenn es doch noch am Ufer ist und auf uns lauert.«

»*Ich* kann es dort nicht mehr sehen. Du etwa?«

»Nein, aber …«

»Kein Aber. Wir fahren jetzt nach drüben! Und wie gesagt, es hat dich eben gehört und wird bestimmt gleich da sein, wo wir eben noch waren. Also weg hier!«

Damit nahm Amosis das Ruder in die Hand, trat mit einem Fuß auf die Schilfbündel seines Bootes und stieß sich mit dem anderen gekonnt vom Land ab. Sogleich tat es auch Sethos, nachdem er Angel und Speer aufgeladen hatte, und folgte ihm. Er stand total angespannt auf seinem Boot und ruderte schnell, aber kraftvoll. Weiter und weiter entfernte er sich von der Flussinsel und fühlte sich angreifbar und schutzlos ausgeliefert, hier auf dem offenen Fluss, ohne jegliche Deckung vor den Blicken feindseliger Augen.

›Unser Widersacher ist bestimmt schlau genug, um den Plan zu durchschauen‹, ging es ihm unschön durch den Kopf.

Was konnte er hier nur machen, wenn es zum Äußersten kam? Er würde hilflos seinem Tod in die Augen schauen, wie es Onuris hatte tun müssen. All das Wasser um ihn herum erschien ihm nun als feindselig. Es wollte ihn in die Dunkelheit ziehen, wo er dazu verdammt war, qualvoll zu ertrinken. Er hatte sich eben gegenüber Amosis nicht durchsetzen können. Er hatte sich noch nie so wirklich durchsetzen können. Das war einfach eine seiner Schwächen. Und heute würde sie ihm wahrscheinlich zum Verhängnis werden. Ja, heute würde sie ihm das Leben kosten. Der arme Fischer, der nicht wusste, ob er jemals seine Familie wiedersehen durfte, ruderte so eilig, als wäre ein Schwall blutrünstiger Krokodile hinter ihm her. Andauernd drehte er den Kopf hierhin und dorthin und fürchtete, dass etwas um ihn herum sein könnte. Es war vielleicht die unangenehmste Überfahrt, die er je gemacht hatte -

anstrengend, verkrampft und von bitterer Angst getrieben. Doch schließlich schaffte er es zum Westufer. Dort zog er nur noch schnell und lieblos das Boot aus dem Wasser und rannte dann ins Dorf. Amosis blieb hinter ihm zurück, da er sich mit ein bisschen mehr Gewissenhaftigkeit um sein Boot kümmerte. Nur kurz drehte sich Sethos nochmal um und rief: »Komm!« Dann eilte er in die Ortsmitte und dort fand er vor seinem Haus Mara mit einem bekümmerten Blick.

»Sethos!«, rief sie und ihr fiel ein Stein vom Herzen, als sie ihren Mann sah. Sie fielen sich in die Arme und es dauerte lange, bis sie die Umarmung wieder lockerten. Mara erzählte, dass sie und die Frau von Amosis sich Sorgen gemacht hatten, vor allem als das Monster vom Nil her brüllte.

»Da haben wir schnell ein paar andere alarmiert und sind mit ihnen ans Ufer gegangen«, sagte sie. »Wir fürchteten schon, dass großes Unheil geschehen war. Dann wussten wir nicht, was wir tun sollten, und schließlich hat uns auch noch das Monster angegriffen. Ich bin panisch nach Hause gerannt und habe nur noch gebetet.«

Von diesem Tag waren Mara und Sethos sehr mitgenommen und so gingen sie endlich ins Haus. Kurz bevor er durch die Haustür ging, sah Sethos noch seinen Nachbarn Amosis, wie dieser ebenfalls nach Hause kam. Heute sprachen sie nicht nochmal miteinander.

Das Abendessen war dürftig und schnell vorüber, denn Sethos wollte sich so bald wie möglich hinlegen. Und es kümmerte ihn dabei keine mögliche Bedrohung, die draußen herumschleichen konnte. Stattdessen war er froh, hier zu sein und den Tag so weit überlebt zu haben.

Er war einfach erschöpft, völlig mit den Nerven am Ende, er wollte nur noch schlafen.

DER EINFALL

Als Sethos aufwachte, fand er sich in einem Raum wieder, durch dessen Fenster die Sonne kraftvoll ihre Strahlen schickte, als wollte sie ihn zum Leuchten bringen. Von draußen hörte er neben rufenden Vögeln spielende Kinder - seine Kinder. Und in der Küche nebenan waren Geräusche von Mara zu hören, die gerade das Frühstück vorbereitete. Da kam Sethos zu dem Schluss, dass er hier an einem wundervollen Ort war. In einem fruchtbaren Land, das inmitten von Wüste lag, wie eine Oase. Wo ein ehrbares Volk unter der Hand eines großen Königs wohnte und unter dem stolzen Angesicht der Pyramiden wandelte. Wo Palmen ihre schönen Wedel im Wind wiegen ließen, während erhabene Falken über den Feldern kreisten. Dort lebte Sethos und nun richtete er sich auf und es traf ihn wie ein Schlag: die dunkle Realität. Der Schrecken, der das Dorf mit aller Bosheit erwischt hatte. Ein Leben im Terror war es, das man hier führen musste. Sethos dachte an Yammuch mit all seiner Abscheulichkeit, und es erschien ihm, als wäre dieses Wesen nicht aus dieser Welt gekrochen. Und eigentlich schien alles, was geschehen war, fern von der Realität. Zu schlimm, um wahr zu sein. Da erinnerte sich der Fischer an die Zeit, als alles noch in seiner Ordnung und Normalität war, und er wünschte sich, dass dieser Zustand wieder zurückkehren sollte. Doch er wusste, dass es unmöglich war. Schon jetzt hatte all das Schlimme seine Narben hinterlassen: Tiere waren entführt und getötet worden und sogar zwei Menschen wurden ermordet. Und allen anderen wurde Angst in ihre Herzen gepflanzt, die hin und wieder zu blanker Panik ausarten konnte. Die unveränderliche Tatsache, dass die lobenswerte Zeit vor der Katastrophe für immer vorbei und unerreichbar war, ließ Sethos' Verlangen danach nur noch tiefer und bitterer werden.

Im Augenblick war der Tag vorherrschend, aber der konnte nur geringen Trost spenden. Wirklich sicher und geschützt konnte man sich selbst jetzt nicht fühlen.

›Es war leichtsinnig, einfach so einzuschlafen‹, ging es Sethos durch den Kopf, wenn er an die letzte Nacht dachte. ›Wir sollten unser Glück nicht so herausfordern.‹

So ging er in die Küche nebenan, doch wechselte er dort kaum ein Wort mit seiner Frau. Kurz darauf liefen sie zum Nil, um sich frisch zu machen. Als sie das Wasser erreichten, kam auch gerade Amosis mit seiner Familie. Er stellte sich gleich neben Sethos, begrüßte ihn und es sah so aus, als wollte er ein Gespräch beginnen. Doch er tat es nicht. Sethos schaute ihn an und bemerkte, dass sein Nachbar überlegte. Aber was sollte man denn schon sagen? Beschönigende Worte? Und über was hätte er sich jetzt eigentlich mit Amosis unterhalten, wenn nichts von alledem geschehen wäre? Schnell und flüchtig wusch er diesen trostlosen Gedanken mit dem kalten Wasser von sich ab. Zuletzt ließ er noch seinen Blick über den Fluss schweifen. Ein Stück flussaufwärts in südlicher Richtung ragte die Flussinsel aus dem Wasser hervor. Ob er diesen Ort jemals wieder besuchen würde?

Danach gingen die zwei Familien gemeinsam wieder zurück in den Ort und es war Sethos der zu sprechen begann.

»Ich will euch nicht verschweigen, was ich denke«, sagte er. »Ich denke, dass es gefährlicher geworden ist.« Alle wussten, wovon er sprach, und es war Sethos egal, dass auch die Kinder es hörten. »Es jagt Leute durch das Dorf. Sogar bei Tageslicht attackiert es eine Gruppe spielender Kinder. Nicht einmal die Bemühungen unseres Königs scheinen etwas gebracht zu haben.« Die anderen schauten hauptsächlich auf den Boden, als hörten sie ihm gar nicht zu. »Und zu allem Übel fühle ich mich von ihm verfolgt. Ich meine: erst das Schaben an meiner Hauswand und am Tag danach die Begegnung auf der Flussinsel. Was kommt denn heute?«, fügte er ärgerlich hinzu. »Wie soll man denn so … ein ordentliches Leben führen?«, war was er sagte. Doch was er eigentlich gerade dachte, war: ›Wie soll ich denn so die Angel für Essam fertigstellen?‹ Und dann war da wieder die Furcht, das gleiche Schicksal erleiden zu müssen wie Onuris. Noch etwas, was er nicht aussprach. Stattdessen fuhr er fort: »Wenn man dem Monster auflauert, dann zeigt es sich nicht. Es ist, als wüsste es davon. Und wie wir im Laufe der Zeit schon schmerzlich erfahren mussten, kann es ganz plötzlich zuschlagen, oftmals dann, wenn man es am wenigsten erwartet.« Kurz machte er eine Pause und blieb stehen, denn sie hatten jetzt die Dorfmitte erreicht. »Die Angst wird zum ständigen Begleiter. Der Tod kann überall lauern. Man kann nicht kontrollieren, wo man in Sicherheit ist oder wo man in höchster Gefahr schwebt.« Anschließend schaute er erst Mara und dann Amosis mit halb offenem Mund und zusammengezogenen Augenbrauen an, denn er kam gerade zu einer schwerwiegenden Einsicht. Und er sprach sie langsam und verzweifelt aus: »Es besteht wohl kaum eine Möglichkeit, Yammuch zu töten.« So schaute er auf den Boden, als sähe er sein Leben an sich vorbeiziehen. Der Gedanke vom Vortag, einfach von hier zu fliehen, erschien ihm mehr und mehr als gute Lösung. Klar, es war seine Heimat, mit allem, was er liebte. Doch wenn ihm hier nichts als Unheil blühte, was konnte ihn dann noch an diesem Ort halten?

»Ich weiß nicht …«, sagte Amosis und wollte eigentlich der Aussage von Sethos widersprechen. Aber vielleicht vermochte er es nicht, weil sie tatsächlich zutreffend war. Natürlich hatte auch er sich seine Sorgen gemacht. Und bei allem Grübeln - auch über die vorletzte Nacht - war ihm eine Idee gekommen, mit der die Situation für die beiden Familien zumindest ein wenig verbessert werden konnte.

»Ich hatte einen Einfall«, sagte er dann also. »Das Problem wird dadurch nicht gelöst werden können«, fügte er noch schnell hinzu, denn die anderen schauten ihn schon erwartungsvoll an, »aber vielleicht können wir uns dann in unseren Häusern sicherer fühlen. Und zwar habe ich mir gedacht, dass wir unsere Keller unterirdisch zusammenführen könnten. Dann stehen wir sozusagen immer in Verbindung und können uns im Notfall ins Nachbarhaus zurückziehen.«

Vorerst ließ Sethos den Gedanken an eine Flucht fallen, denn es war ein wirklich guter Vorschlag, der unerwartet kam. Er wusste noch genau, wie sehr er sich gewünscht hatte, im Nachbarhaus bei Amosis' Familie zu sein, als das Monster in jener Nacht an der Hauswand kratzte und er sich fühlte, wie in der Falle.

»Ja, Amosis«, sagte er, »das ist eine gute Idee.« Und das Empfinden von neuer Hoffnung (wenn auch nur in geringem Ausmaß) war durchaus erhebend.

»Ich denke, wir sollten uns gleich heute an die Arbeit machen. Wie du schon gesagt hast, es wird das Problem nicht lösen, aber wir können uns immerhin ein bisschen mehr Sicherheit verschaffen.«

»Gut, dann lasst uns das gemeinsam angehen«, sagte Mara und lächelte mit der Absicht, die anderen aufzumuntern. Alle waren damit einverstanden und die Kinder erkannten ebenfalls den Nutzen. Also machten sie sich gleich ans Werk, denn es gab keine Zeit zu verlieren. Beide Hausstände verfügten glücklicherweise über jeweils eine Schaufel, die sehr hilfreich war, und außerdem hatten sie Holzeimer, mit denen die Erde abtransportiert werden konnte. So konnte es also losgehen. Sethos stieg durch eine Luke über eine sehr kurze Holzleiter in den Keller seines Hauses und Amosis tat das gleiche in seinem Haus. Der Keller war niedrig, nicht sehr geräumig und der geringe Platz wurde von den wenigen Vorräten beansprucht, die eine ägyptische Familie ebenso hatte. Links von ihm stand ein kleiner, einfacher Holztisch und rechts ein paar Krüge, Schalen und andere Gefäße. Gleich vor ihm befand sich die Wand, die nun für den Durchgang eingerissen werden sollte. Sie war nicht mit Steinen, sondern mit Lehm gefestigt, den er jetzt so gut es ihm gelang, bearbeitete. Es war nicht leicht, aber bald hatte er schon einige Brocken Lehm herausgebrochen, die er dann in den Eimer füllte. Als dieser voll war, nahm ihn Essam, der hinter seinem Vater stand und gespannt zusah. Den Eimer schaffte er dann aus dem Keller nach oben, von wo aus Mara ihn forttrug, um den Inhalt außerhalb des

Dorfes zu entsorgen. Später tauschten sie und Essam die Arbeit, sodass Mara den Eimer aus dem Keller hob und Essam ging und ihn ausleerte. Auf dieselbe Art und Weise arbeitete sich auch die Nachbarsfamilie voran. Das jeweilige Loch in ihren Wänden wurde immer tiefer, mehr und mehr Schutt und Erde wurden abgetragen, beim Schaufeln der Gänge, die sich bald in der Mitte treffen würden. Erstaunlich früh war es dann bei Amosis so weit und er brach beim Graben durch.

»Sethos«, sagte er erfreut, »wir treffen schon aufeinander! Wir haben es fast geschafft.«

Doch Sethos hörte die Stimme seines Nachbarn nur ganz dumpf, denn vor ihm war noch immer Erde, nichts als Erde. Da war kein Durchbruch. Und Amosis wurde stutzig, als er bemerkte, dass er Sethos noch nicht erreicht hatte. Aber irgendeine Aushöhlung musste da sein, auf die er gestoßen war. Er buddelte noch weiter, bis die Erde abgetragen war oder von selbst nach vorne wegrutschte. Vor ihm tat sich ein Hohlraum auf und er staunte nicht schlecht, als er diesen sah. Obwohl er in der Dunkelheit kaum etwas erkennen konnte, war er sich sicher, dass es ebenfalls ein Gang sein musste, etwa einen Meter breit, der links und rechts in noch schwärzere Finsternis führte.

IM UNTERGRUND

»Was ist da?«, fragten Frau und Sohn von Amosis, als sie herbeikamen.

»Es muss ein unterirdischer Gang sein«, sagte Amosis, trat hinein in den Stollen, den er hier entdeckt hatte, und starrte gebannt in die Schwärze. Er fragte sich, wo der wohl langführte. Doch um das herauszufinden, bräuchte er erst einmal eine Fackel und dann genügend Mut. An der Wand neben ihm hörte er Sethos mit der Schaufel graben. Dann tat sich etwas: Ein Loch entstand dort. Nun war auch Sethos von der anderen Seite auf den Gang gestoßen. Amosis half ihm eine Öffnung freizumachen und als das erledigt war, schaute Sethos verwirrt drein. Essam und Mara kamen aus dem Keller hierher und sahen, dass etwas nicht stimmte.

»Kannst du dir das irgendwie erklären?«, fragte Sethos verständnislos, als er neben seinem Freund stand.

»Nein«, antwortete Amosis. »Ich verstehe das auch nicht.«

Sethos schaute sich um, als suchte er nach versteckten Hinweisen in diesem Gewölbe. Neugierig begutachteten dann auch Pal und Essam und die Frauen diesen völlig unerwarteten Fund.

»Wer kann nur diesen Gang angelegt haben?«, fragte Mara.

»Und zu welchem Zweck?«, ergänzte Sethos.

Ein Moment des Schweigens verging. Dann sagte Amosis: »Mir fällt niemand ein, der das getan haben könnte. Und einen Grund dafür kann ich mir auch nicht zusammenreimen. Aber wenn wir mehr darüber herausfinden wollen, müssen wir ihn wohl oder übel erkunden.«

»Da hast du recht«, sagte Sethos. »Aber ich weiß nicht, ob das eine gute Idee ist. Vielleicht ist es gefährlich. Ich meine: Wer weiß, was hier im Untergrund haust.«

»Ich will gar nicht daran denken«, sagte Mara.

»Ja«, erwiderte Amosis, »und ich will gar nicht daran denken, was passiert, wenn irgendetwas nachts hier entlangkommt. Während wir schlafen, findet es den Zugang zu unseren Kellern und dringt in unsere Häuser ein.«

»Hör auf mit solchen Schauergeschichten!«, sprach Sethos. »Wir haben jetzt unsere Keller miteinander verbunden, weil es uns eine Hilfe ist. Aber es kann doch nicht sein, dass wir dadurch ein neues, vielleicht viel größeres Problem heraufbeschworen haben.« Er stöhnte ärgerlich. »Wir müssen etwas tun. Wir brauchen einen neuen Einfall.«

»Also, wir bleiben erst mal ruhig, in Ordnung?«, sagte Amosis. »Ich schlage vor, wir machen jetzt einfach mit unserem Alltag weiter und haben somit Zeit zum Nachdenken. Am frühen Abend kommen wir dann wieder hierher zurück und …«, wieder starrte er in die Finsternis, »und finden eine Lösung.«

Und das taten sie dann auch. Dabei dachten sie wirklich viel über all das nach. Mit der Zeit erschien

Sethos eine Erkundung des Ganges als die beste Option (vielleicht war es auch die einzige). Jedenfalls kehrte er am Ende des Nachmittages zurück, ohne eine bessere Idee gehabt zu haben. Auch die anderen waren nun dafür nachzusehen, zur Sicherheit und aus Interesse. Aber auf keinen Fall wollten sie sich blindlings schlafen legen, ohne weitere Klarheit über diesen Stollen erlangt zu haben. Amosis und Sethos statteten sich mit Fackeln und Speeren aus, um zu zweit diese Unternehmung durchzuführen. Es galt keine Zeit zu verlieren, denn der Abend kam und sie wollten pünktlich zum Essen wieder daheim sein. Der Gang führte in östliche und westliche Richtung. Sie entschieden sich für die östliche, mit der sie sich also dem Nil unterirdisch nähern mussten. Doch der Weg ging nicht geradeaus, sondern bog leicht nach links. Angespannt und wachsam gingen sie - Amosis zuerst, Sethos hinter ihm - weiter voran und stellten fest, dass der Gang seine Breite und Höhe nahezu immer beibehielt. Noch mehrere Male gab es leichte oder auch stärkere Kurven und Biegungen des Weges, aber sie mussten sich wohl ungefähr (wenn sie es noch richtig abschätzen konnten) in nordöstlicher Richtung bewegen. Die Unsicherheit wurde dabei immer größer, denn sie gingen tiefer und tiefer in die Ungewissheit, ohne jedoch die erwarteten Spuren oder Hinweise zu finden. Es war kalt, unheimlich still und das Licht der Fackeln schien eingeschüchtert vor lauter Dunkelheit. Sethos hatte die Augen weit auf und horchte aufmerksam. Das Wallen und Knistern des Feuers, die Schritte auf dem erdigen oder steinigen Boden und das Atmen, das ihm ziemlich laut vorkam. Er begann sich umzudrehen und den Weg hinter sich misstrauisch zu prüfen.

»Sollten wir nicht doch lieber umkehren?«, fragte er und erschrak leicht vor seiner eigenen Stimme.

Aber Amosis überzeugte ihn weiterzugehen, zumindest noch ein Stück. Die Antwort auf alle Fragen schien immer direkt vor ihnen zu sein, vielleicht schon hinter der nächsten Ecke. Und tatsächlich änderte sich etwas. Ein Geruch stieg ihnen in die Nase, streng und ekelerregend: Es musste zweifellos der Gestank von Verwesung sein. Jetzt erkannte Sethos wirklich den Ernst der Lage und wollte weg von dieser Stelle. Nein, nicht nur weg, er wollte raus, einfach nur raus! Doch das ging nicht. Er war eingeengt unter der Erde. Vor ihm angsteinflößende Tiefen, aus denen dieser übelriechende Gestank kam, hinter ihm vielleicht mehrere hundert Meter Weg, die er zurückgehen musste, wenn er das Tageslicht jemals wieder sehen wollte. Wie unklug es überhaupt gewesen war, durch diesen Gang zu laufen. Hier war alles in tiefschwarze Lichtlosigkeit gehüllt und es gab kein Entkommen aus der Gewalt des Schreckens. Sethos ahnte, dass Yammuch bestimmt schon hinter ihnen her war. Vielleicht war es auch vor ihnen und sie liefen ihm gerade direkt in die Arme - Sethos wusste es nicht. Allerdings wusste er, dass er sich schon wieder mitten in einer Lage des Verderbens befand, so wie gestern, als er mit Amosis von der Flussinsel geflohen war. Doch diesmal saß er wirklich in der Falle. Gestern hatte er Glück gehabt, aber es konnte nicht noch ein zweites Mal gut gehen.

»Amosis«, hauchte er in der kalten Luft. »Das Monster wird bestimmt kommen.«

»Ach«, kam als Antwort. »Rede dir bloß nichts ein, was gar nicht da ist. Hast du es denn gehört oder gesehen?«

»Nein, aber … dieser Gestank …«

»Hier ist wahrscheinlich irgendwo ein Tier gestorben oder jemand hat eins hierhergebracht, um es zu vergraben oder so.«

Amosis ging einfach weiter und Sethos folgte ihm, denn er wollte dicht bei ihm bleiben und sie konnten sich unter keinen Umständen aufteilen. Das Holz der Fackel sog schon die Feuchtigkeit seiner Hand auf. So ging es voran und der abscheuliche Gestank nahm zu. Plötzlich tat sich vor ihnen ein großer Hohlraum auf, eine Grotte, deren Wände nur schwach vom Fackellicht berührt wurden.

»Sieh mal an«, murmelte Amosis, als sie sich vorsichtig hineinwagten.

Ab hier ließ sich der Weg schwerer ausmachen, denn auch wenn die Wände wieder näher heranrückten, taten sich immer wieder Aushöhlungen links und rechts auf, die manchmal einen anderen Nebengang vermuten ließen. Sicherlich kam der Gestank aus einer dieser Aushöhlungen.

Gerade als Sethos wieder das sofortige Zurückgehen fordern wollte, erschien ein schwaches Licht in einiger Entfernung vor ihnen.

»Sieh mal an«, wiederholte Amosis diesmal deutlich heiterer. »Das sieht mir nach einem Ausgang aus. Jetzt erfahren wir endlich, wohin dieser Gang führt.«

Sie kamen dem fahlen Licht immer näher. Es war nur noch eine Ecke, um die sie biegen mussten und dann sahen sie vor sich das Freie. Schnell gingen sie auf die Öffnung zu und traten nach draußen. Das schwindende Abendlicht war grau durch den wolkenverhangenen Himmel. Sie atmeten erst einmal tief die frische Luft ein. Kurz danach stockte ihnen wieder der Atem, denn sie erkannten den Ort, an dem sie standen. Direkt aus der schrecklichen Höhle waren sie gerade gekommen! Hier war der dunkle Eingang, noch immer bedrohlich, obwohl sie jetzt ungefähr wussten, was dahinter lag. Sie schauten sich langsam an.

»Jetzt sind unsere Keller also mit der Höhle verbunden«, bemerkte Sethos schmerzlich und gleichzeitig erzürnt. »Ich möchte brüllen vor Wut.« Er schaute hoch zum Himmel, als käme dort ein göttlicher Vogel herab, der ihn aus diesem verrückten und bösartigen Traum holte.

DER FEUERZUG

Konnte sich der Zufall denn noch ungünstiger fügen? Entsetzt von dieser Entdeckung schauten die beiden Nachbarn unglücklich und nachdenkend drein. Amosis legte den Speer nieder, nahm sein weißes Kopftuch ab und setzte sich auf einen großen Stein.

»Der Gang führt jetzt also von der Höhle bis zu *unseren* Kellern und noch weiter«, schilderte er nochmal die Lage. »Wer weiß, wo man hinkommt, wenn man in die andere Richtung geht. Aber vor allem bedeutet das ja, dass das Ungeheuer einen Gang hat, der direkt unter dem Dorf unter unseren Füßen verläuft. Was hat das nun wieder zu bedeuten?«

»Ich verrate es dir«, sagte Sethos. »Es bedeutet, dass es uns immer einen Schritt voraus ist. Es hat Wege, von denen wir gar nichts wissen. Aber jetzt müssen wir nach Hause gehen! Was bleibt uns anderes übrig?«

Damit lief er schon los und Amosis beeilte sich, sein Kopftuch wieder aufzusetzen, den Speer aufzunehmen und ihm zu folgen.

Ganz in seiner Verzweiflung versunken, bemerkte Sethos kaum den großen Schatten, der unweit vor ihm hinter einem Gebüsch hervortrat. Dann blieb er aber doch stehen, denn er wurde beängstigend aus seinen

Gedanken gerissen, als er nach vorn schaute. Es war Yammuch! Mächtig, aber regungslos stand es zehn Meter vor ihm, wie ein albtraumhafter Wächter, an dem es kein Vorbeikommen gab. Amosis war kurz hinter ihm, ebenfalls wie angewurzelt zum Stehen gekommen. Bis zum Hals schlug ihm das Herz, während ihn die dunklen Augen des Krokodilkopfes anstarrten. Vom buckligen Rücken ragten die dünnen Fänge hervor wie abgestorbene, aber mordlustige Fangarme, die gierig nach Beute packen wollten. Trotz Sethos' weicher Knie packte ihn der blanke Zorn. Ganz fest hielt er den Speer in seiner schwitzigen Hand.

›Jetzt oder nie!‹, war sein einziger Gedanke.

Somit holte er aus, tat einen Schritt nach vorn und warf die hölzerne Waffe. Der Speer durchstieß die äußere schwarze Hülle des Monsters, die an ihm wie Fell herunterhing. Da fuhr es kurz zusammen und gab einen röchelnden Laut von sich. Doch es schien kaum verletzt zu sein, denn es richtete sich wieder auf und fauchte wütend. Zu schwach war der Wurf gewesen und zu unpräzise. Sethos wurde bewusst, die Einschüchterung durch Yammuch war immer präsent wie eine gewaltige Aura. Und sie hatte sich bis in seinen zitternden Arm gezogen. Wie hatte er nur so naiv sein können und zu glauben vermocht, dass ein einfacher Holzspeer Yammuch etwas anhaben konnte? Schon ließ Amosis Speer und Fackel aus seinen Händen fallen und floh in die entgegengesetzte Richtung. Auch Sethos drehte sich um und rannte ihm hinterher. Sogleich hörte er, wie das Monster ihnen nachsetzte - schnaubend und mit trampelnden Schritten. Sethos wusste, dass ihm sein grauenvolles Ende dicht auf den Fersen war und dass es ihn einholen und mordlustig packen würde, sollte er auch nur kurz langsamer werden. Es war eine Macht, gegen die man nichts ausrichten konnte. Die brennende Fackel, die er noch immer in der Hand hielt, war vielleicht die einzige Möglichkeit, Yammuch kurz auszubremsen. Und so warf er sie über seinen Kopf nach hinten und setzte seinen Sprint fort, ohne sich umzudrehen. Danach stürmten die beiden Männer eilig den steinigen Hang, der zu ihrer Linken lag, hinauf. Oben erblickten sie eine Schafherde auf der Ebene vor ihnen. Und dort rannten sie nun hin, als wären sie selbst hilflose Lämmer, die unter ihren Artgenossen Schutz und Zuflucht suchten. Die Schafe sprangen auseinander, als sie kamen, doch der Schäfer - es war Fenuku - und seine zwei Hunde konnten die Herde zusammenhalten. Hier kamen Amosis und Sethos zum Stehen und schauten furchtsam zurück. Das Ungeheuer war nicht mehr zu sehen. Sie keuchten, stützten sich auf ihre Knie und wurden dabei skeptisch von den Schafen beäugt. Bellend kamen die Hunde mit ihrem Herrn herbei.

»Was macht ihr denn hier?«, rief Fenuku, doch die zwei Männer machten noch keine Anstalten zu antworten. Der Schäfer rief seine Hunde zurück und kam dann bei ihnen an.

»Könnt ihr mir sagen, was hier los ist?«, fragte er und war selbst ein bisschen nervös, als er die Schockiertheit der beiden sah.

»Das Ungeheuer«, begann Amosis hechelnd. »Es hat uns gejagt.«

»Wir waren bei der Höhle«, fuhr Sethos fort, »und dort hat es uns überrascht. Wir sind geflohen und kamen hierher.«

»Das ist schlecht«, erwiderte Fenuku stöhnend. »Das ist alles schlecht. Ich war gerade dabei meine Herde zurück zum Dorf zu führen, denn es ist schon spät.«

»Gut«, sagte Amosis. »Mach das! Wir kommen mit.«

»Aber wenn Yammuch uns jetzt angreift?«, entgegnete Fenuku.

»Vielleicht lässt es von einer ganzen großen Schafherde ab«, sagte Sethos. »Aber wir sollten beim Dorf sein, wenn die Nacht gekommen ist.«

Damit ging es los und die ganze Herde setzte sich zügig in Bewegung.

Auf dem Rückweg erzählte Sethos Amosis von seinem verzweifelten Fackelwurf.

»Ich weiß nicht, ob ich getroffen habe«, sprach er, »aber ich vermute, dass ich Yammuch damit ein bisschen einschüchtern konnte. Denn ich glaube, es war der Moment, in dem es von uns abgelassen hat.«

»Du meinst es hat vielleicht Angst vor Feuer?«, erwiderte Amosis.

»Ja. Das Feuer könnte etwas bewirken.«

»Und du glaubst nicht, dass es uns einfach laufen gelassen hat? So war es doch gestern auf der Flussinsel auch. Wenn es uns wirklich hätte töten wollen, dann wären wir wahrscheinlich nicht entkommen. Es will uns viel lieber weiter terrorisieren. So wie die Gruppe spielender Kinder gestern.«

Sethos war etwas enttäuscht von Amosis' Pessimismus, aber gleichzeitig kam ihm wieder in den Sinn, dass es hier um eine Macht ging, gegen die man nichts ausrichten konnte.

»Trotzdem«, sprach Sethos ernst, »das Feuer ist vielleicht unser einziger Verbündeter in diesem Kampf.

Und solange ich noch am Leben bin, werde ich es einsetzen.«

Zu Hause berichteten sie bei einem (wieder mal) dürftigen Abendessen, ihren Familien in versammelter Runde, was geschehen war. Denkbar schlimm waren die Reaktionen der Zuhörer. Sethos erzählte auch von seinem Plan mit dem Feuer und er erschien ihnen als hoffnungsvoll. An eine ruhige Nacht war nun nicht mehr zu denken. Ständige Angst würde sie alle wachhalten, und selbst wenn sie schlafen könnten, dann lägen sie für Yammuch wie auf dem Präsentierteller.

»Los!«, sagte Sethos. »Suchen wir alles zusammen, was brennbar ist und wir entbehren können.«

Das wurde nun getan. Alle Holzvorräte, die Schilfmatten, auch die Fischernetze und sogar die Angelrute, die Sethos eigentlich seinem Sohn schenken wollte, die er jetzt aber tatsächlich nie fertiggestellt hatte, landeten auf einem Haufen. Amosis' Familie sammelte genauso im Nachbarhaus alles Brauchbare zusammen.

»Aber was hast du denn damit vor?«, fragte Mara ihren Mann.

»Über diese Frage habe ich mir die ganze Zeit schon den Kopf zerbrochen«, erwiderte Sethos. »Und hier ist mein Plan: Wir werden alles zusammennehmen und damit dem Monster entgegengehen. Wir werden es suchen, ihm auflauern und es wird sich zeigen. Und wenn es kommt, setzen wir alles in Brand.«

Mara entdeckte etwas in seiner Stimme, in seinen Worten, in seinen Augen. Da war eine tiefe Entschlossenheit. Ein Wille zum Kampf um Leben und Tod, begründet aus tiefer Verzweiflung und Ausweglosigkeit. Und da sie nun auch den fatalen Ernst der Lage erkannte, fand sie keine besänftigenden

Gegenargumente. Es war Wahnsinn, aber ihnen blieb nichts anderes übrig.

»Und jetzt«, sagte Sethos, »gehe ich noch in das Haus von Monifa und Onuris. Schließlich ist es jetzt, da sie tot sind, unbewohnt und es wird sich bestimmt noch Holz darin befinden.«

Schnell eilte er durch die zunehmende Dunkelheit zu dem verwaisten Haus. Noch nie zuvor hatte er es betreten und jetzt war es nicht leicht, alles zu erkennen, ohne Licht. Dennoch fand er, was er wollte, und verließ es dann mit einem ordentlichen Vorrat an Holz. Diesen legte er, als er zurück war, zu den übrigen Materialien dazu. Nun gingen er, Mara und die Kinder hinüber zum Nachbarhaus.

»Wie weit seid ihr?«, fragte Sethos, als er eintrat.

Da warf Amosis das letzte Holzscheit auf den Haufen und antwortete: »Wir sind gerade fertig geworden.«

»Dann kann es also losgehen.«

»Ich hoffe, dass du richtig liegst, Sethos«, sagte Amosis. »Ich hoffe, dass wir uns wirklich auf die Macht des Feuers verlassen können.«

»Ja.« Sethos nickte und fand keine andere Antwort darauf.

Sie packten alle mit an und beluden ihre Arme mit allen brennbaren Dingen, die hier angehäuft lagen. Zusätzlich nahmen Amosis und Sethos noch zwei brennende Fackeln, die schon an der Feuerstelle bereitgelegen hatten. Und dann gingen sie nach draußen. Vorn lief Amosis und machte Licht, hinten lief Sethos, als Nachhut und zwischen ihnen die anderen. Sie bildeten einen Zug. Einen Zug, der kam, um das Feuer als Waffe einzusetzen, in einem Kampf, der ihnen keine andere Wahl ließ. Um sie herum war alles ruhig. Die Nacht selbst war gespannt. Nach einem kurzen Marsch hatten sie ihr Ziel erreicht: die Höhle. Vieles war ungewiss, als sie dort eintrafen. So zum Beispiel die Frage, was sie jetzt hier tun sollten, oder ob das Monster vielleicht in der Nähe war. Zuerst luden sie alles ab, in einem Halbkreis um den Eingang herum und dann berieten sie.

»Und jetzt?«, fragte die Frau von Amosis. »Wie geht es jetzt weiter?«

»Ich würde vorschlagen«, sagte Sethos, »wir packen nochmal alle mit an und holen den Rest aus dem Haus meiner Familie. Dabei besorgen wir uns noch weitere Fackeln.«

»Na schön«, antwortete Amosis. »Dann gehen wir aber alle gemeinsam, denn wir sollten uns jetzt nicht aufteilen.«

»Ja«, sagte Mara, »aber die Kinder bleiben dann definitiv zu Hause. Sie werden nicht nochmal hierher mitkommen.«

»Und ich werde bei ihnen bleiben und auf sie aufpassen«, bestätigte Amosis' Frau.

Danach gingen sie schon wieder zurück, denn keiner wollte sich gerne hier aufhalten.

Auf dem Rückweg schwiegen sie und nur das Zirpen der Grillen und ihre Schritte waren zu hören. Schließlich war es Pal, der zu reden begann.

»Vater, warum soll ich denn zu Hause bleiben?«, fragte er Amosis. »Ich kann mitkommen und helfen.«

»Das kommt nicht infrage«, sagte sein Vater streng.

»Aber ihr könntet mich gebrauchen.«

»Nein mein Sohn, das geht nicht.«

»Dein Vater hat recht«, bestätigte Pals Mutter. »Das ist kein aufregendes Abenteuer, das ist wirklich gefährlich!«

»Ich weiß, wie gefährlich es ist«, antwortete Pal. »Essam und ich mussten schon vor dem Monster fliehen. Aber ich fühle mich irgendwie verantwortlich, euch zu helfen und Essam vielleicht auch.« Er schaute Essam nach Unterstützung suchend an. Dieser war sich unsicher, ob er wirklich auch das wollte, was sein Freund wollte.

»Nein, ihr Kinder bleibt alle zu Hause«, sprach nun Mara. »Wir wollen euch in Sicherheit wissen.«

»Aber sind wir denn zu Hause überhaupt sicher?«, fragte Essam.

»Das frage ich mich auch«, sagte Pal. »Da ist doch der dunkle Gang, und etwas kann durch unseren Keller kommen.«

»Im Haus seid ihr jedenfalls sicherer als draußen vor dem Höhleneingang«, entgegnete Mara. »So viel steht fest.«

Sethos hielt sich aus der Diskussion raus, denn er grübelte über das Monster und den unterirdischen Gang. Er wusste genau, dass Yammuch irgendwann den Gang entlanggehen und dann die Zugänge zu den Kellern entdecken würde. Und er hatte eine böse Vorahnung: Ihn ließ das starke Gefühl nicht mehr los, dass das schon sehr bald passieren musste. Vielleicht redete er es sich selbst nur ein, weil er davon ausging, dass Yammuch sich an diesem Abend nach allen Geschehnissen in die Tiefen der Höhle zurückgezogen hatte. Daher erschien es ihm unklug, zum Höhleneingang zu gehen, während die Kinder in den Häusern sitzen. Mit diesen Unsicherheiten folgte er den anderen und sie waren bald wieder an seinem Haus angekommen. Mara betrat es zuerst, hinter ihr kam Amosis und dann Sethos. Die Übrigen gingen nun zusammen ins Nachbarhaus.

»Wenn wir nur zu dritt sind«, begann Mara, als sie und die zwei Männer vor dem angehäuften Brennmaterial standen, »dann ist es schwierig, die ganzen Sachen zu tragen.«

»Ja«, sagte Amosis. »Vielleicht holen wir Pal und Essam doch nochmal mit dazu, dass sie uns helfen und schicken sie gleich danach wieder nach Hause.«

»Nein«, erwiderte Mara, »ich will, dass wir ab sofort die Kinder nicht mehr mit hineinziehen.«

»Wartet hier«, sagte Sethos, »ich sehe mich nur mal eben im Keller um.«

Somit öffnete er die Holzluke auf dem Boden und stieg über die kurze Holzleiter in das kühle Untergeschoss. Dann stand er im Keller, in dem alles so still war, und ging schließlich auf die Wand mit dem gegrabenen Gang zu.

›Unglaublich‹, dachte er. ›Da haben wir uns hineingetraut.‹

Sein Heim, das immer ein schöner, angenehmer Ort gewesen war, hatte nun eine direkte Anbindung an das Böse.

›Ich werde doch nie wieder hier schlafen können‹, erkannte er.

Als er sich direkt davor befand, hörte er plötzlich Geräusche vor sich. Er dachte erst an eine Einbildung, doch ihm stockte der Atem, denn es hörte nicht auf, sondern wurde sogar noch lauter. Da waren Schritte im Dunkeln! Er ging rückwärts und konnte seinen Blick nicht mehr von dem Loch in der Wand lösen, das in die tiefe Schwärze des Stollens führte, in dem sich etwas bewegte. Was auch immer es war, es kam schnell näher und blieb dann auf einmal stehen. Da tastete Sethos mit der Hand hinter sich und bekam die Leiter zu fassen. Ein

Schnauben ertönte und das Etwas im Gang stürmte auf ihn los! Er sah es noch kurz im Fackelschein - das Monster -, dann drehte er sich um, warf die Fackel durch die Luke und kletterte zwei Stufen auf einmal nehmend hoch.

»Raus hier!«, rief er den beiden oben Stehenden zu. »Sofort raus!«

Und sie rannten aus dem Haus, während Flammen nach oben züngelten. Denn die Fackel war dicht neben dem Haufen des Brennmaterials gelandet und die Schilfmatten hatten sofort Feuer gefangen. Jetzt griff Sethos nach dem Fischernetz, das auch dort lag, aber noch nicht von den wachsenden Flammen verschlungen war. Schon drängte sich das riesenhafte Ungeheuer mit dem grässlichen Krokodilkopf voran durch die Luke, war gerade oben und wollte sich aufbäumen, da machte Sethos einen Schritt auf das Monster zu und warf das Netz. Es wollte sich auf Sethos stürzen, doch geriet ins Stolpern, kam vielleicht sogar neben dem Feuer zu Fall. Sethos sah es nicht mehr, denn er floh schon durch die offene Tür nach draußen. Diese schlug er dann zu, um zu verhindern, dass Yammuch rauskam.

»Amosis, hilf mir!«, rief er seinem Freund zu, der schockiert dagestanden hatte und sich nun ebenfalls gegen die Tür stemmte. Und dann spürten die zwei Männer einen heftigen Stoß, begleitet von grausigen Lauten aus dem Inneren des Hauses.

»Es versucht herauszukommen«, rief Amosis.

Unterdessen lief Mara zum Nachbarhaus, um die anderen zu warnen. Denn keiner konnte ahnen, was das Monster in seinem Zorn anrichten wollte. Nun ließen die Hiebe und der Druck gegen die Tür nach und auch die Geräusche verstummten allmählich. Gleichzeitig wurden die Flammen im Haus immer mächtiger. Eine immense Hitze strahlte von innen gegen die Tür und man sah schon den Feuerschein durch die kleinen Fenster hell leuchten, aus denen der Rauch austrat. Dazu loderte und knisterte es gefährlich und Sethos fürchtete schon, der Brand würde gleich die Tür erreichen. Amosis und er hielten sie noch einige Minuten kraftvoll zu, denn sie wagten es noch nicht loszulassen. Inzwischen kam Mara zurück aus dem Nachbarhaus und die anderen folgten ihr mit ängstlichen Gesichtern. Sie hielten vorsichtigen Abstand zum Haus, aus dem immer mehr Qualm in die Nacht aufstieg. Längst waren viele neugierige und schaulustige Dorfbewohner in der Nähe, um hinter Hausecken zu stehen und das Geschehen zu beobachten. Einige von ihnen eilten nun mit Wassereimern heran und waren bereit, das Feuer zu löschen. Das war nun der Moment, als Sethos und Amosis schließlich die Tür freigaben und mit zitternden Händen öffneten. Die Flammen leuchteten durch den dicken Qualm und waren klein, wie auch der Haufen des brennbaren Materials, der in sich zusammengefallen war. Die Leute mit den Eimern traten nacheinander in den Türrahmen und kippten von dort das Wasser auf das Feuer. Sethos spähte von außen in sein zerstörtes Heim und bekam Gewissheit, dass Yammuch nicht mehr da war. Doch im Schein entdeckte er eine auffallende, längliche Erhebung auf dem Boden. Bei genauerem Betrachten erkannte er den krokodilartigen Kopf des Wesens.

UNTER SCHAFEN

›Yammuch ist tot!‹, ging es Sethos durch den Kopf. Doch er erlaubte sich kaum einen solch großartigen Gedanken, weil er ihn für unwahr hielt - fast wie eine Täuschung, während die Präsenz des Bösen immer noch in der Luft hing. Dennoch sah er dort den untrüglichen Beweis liegen: das Haupt des Ungeheuers.

Unter den Eimern Wasser, die auf das Feuer gekippt wurden, zischte es laut auf und neigte sich sehr schnell seinem Ende entgegen. Schon waren keine Bemühungen mehr nötig, um den Brand zu bekämpfen. Alles war wieder in die nächtliche Finsternis gehüllt. Die zwei Familien standen zusammen vor dem Haus und waren in tiefes Schweigen gehüllt. Um sie herum war alles still. Die Leute gingen jetzt langsam alle nach Hause. Ihnen war nicht nach Reden zumute, sie mussten selber erst mal mit ihrer Betroffenheit umgehen. Denn seltsame Dinge waren an diesem Abend vorgegangen. Sie wussten nicht, was genau dahintersteckte, nur wussten sie, dass es im Haus von Mara und Sethos gebrannt hatte. Sethos selbst wusste, dass es jene Flammen gebraucht hatte, um das Monster zu vernichten. Und er verwahrte dieses Wissen in seinem Innern und schützte es vor der Außenwelt, als wäre es ein zerbrechlicher Gegenstand, der ihm ein Licht spendete. Beinahe befürchtete er, dass man ihn als verrückt bezeichnen könnte, sollte er versuchen, mit diesem Licht nach außen zu treten. Er würde wohl als hoffnungsloser Realitätsverweigerer gelten und wüsste selbst nicht mehr, was eigentlich die Wahrheit war.

Doch dann sagte Mara einen Satz, der alles veränderte: »Ich habe den Kopf von Yammuch dort liegen gesehen.« Sie sagte es leise, doch Sethos verstand jedes Wort ganz klar und deutlich. Langsam drehte er sich zu seiner Frau um und nahm sie liebevoll in die Arme. Er war ihr zutiefst dankbar.

Und dann umarmten sie sich alle nacheinander. Sie fühlten sich dabei geborgen und erstaunlich sicher, wie es schon lange nicht mehr der Fall gewesen war. Die kühle Luft atmeten sie in langsamen Zügen ein und aus und kamen dabei zur Ruhe. Noch gut eine Stunde blieben sie dort stehen in andächtiger Schweigsamkeit, und die Sterne funkelten hier und dort zwischen den Wolken auf. Danach wurden sie immer müder und wollten sich gern schlafen legen.

»Wo sollen wir denn hin?«, fragte eine der zwei Töchter von Sethos. Er verstand, dass das eigene Haus jetzt kein geeigneter Ort zum Schlafen war, zumal die Schilfmatten alle im Feuer verbrannt waren. Und doch hatte er einen Einfall.

»Ich denke, ich kenne einen Ort, an dem wir die Nacht verbringen können.«

Sie waren gerne offen für Sethos' Idee und er bat sie, ihm zu folgen. Es war schon verwunderlich, als er sie weg von den eigenen Häusern und weiter durch das Dorf führte, doch sie nahmen es hin.

So kamen sie schließlich am Rande des Ortes heraus und Sethos blieb stehen.

»Wir sind da«, sagte Sethos.

Unklar ließ sich in der Finsternis erahnen, dass auf der freien Fläche vor ihnen eine Schafherde lag. Sie konnten die Tiere kaum sehen, aber leicht riechen.

»Es ist, wie ich vermutet habe«, fuhr Sethos fort. »Hier nächtigt die Schafherde des Schäfers Fenuku. Ich dachte, dass es vielleicht ein geeigneter Ort sei, um zu übernachten.«

Tatsächlich wollten die anderen diesem etwas ungewöhnlichen Schlafplatz nicht entsagen, schließlich waren die Erschöpfung und die Müdigkeit groß. Und als Sethos mit sanften Schritten voranging, in die Mitte der Schafherde, folgten sie ihm ebenso ruhig, denn sie fühlten etwas, das auch Sethos bewegt hatte, hierherzukommen: eine gewisse Demut. Dann legten sie sich in das karge Gras und sahen die Sterne am Himmel funkeln, bis ihnen die Augenlider schwer wurden. Inmitten der Schafe fühlten sie sich geschützt und irgendwie auch wohl. Und sicher war es durchaus kalt, doch sie wärmten sich gegenseitig mit ihrer Körperwärme. So lagen sie dicht an dicht da und waren dabei wohl selbst einfache Schafe. Auch wurden sie von den Tieren gütig geduldet.

Als die kalte Nacht vorbei war und es hell wurde, fingen die Schafe schon an zu blöken und die zwei Familien standen auf. Der Schäfer Fenuku schaute nicht wenig verdutzt, als er diese Leute unter seiner Herde erblickte. Da gingen sie aber schon weg und er hatte keine Gelegenheit mehr, mit ihnen zu sprechen. Sie liefen geradewegs zurück nach Hause. Erst blieben sie vor dem Haus stehen, in dem in der vergangenen Nacht das Feuer

147

gewütet hatte und dann wagten sie sich langsam in den ausgebrannten Raum. Es fiel ihnen schwer, all das zu sehen. Die Decke war schwarz vor Ruß und der Boden war von Brandspuren gezeichnet. Und dort lagen Überreste Yammuchs. Da waren schwarze Fetzen, die an die äußere Hülle des Monsters erinnerten und auch ein paar der dünnen Auswüchse, die aus seinem Rücken geragt hatten, lagen da und sahen so aus, als würden sie, sobald man sie nur berührte, zu Asche zerfallen. Und dann war da noch der Krokodilkopf - völlig verkohlt, aber noch immer bedrohlich, mit harten Zähnen und toten, eingefallenen Augen. Der Ort des Geschehens sah jetzt so still und unbelebt aus. Er wirkte wie eine Stätte zum Gedenken an ein längst vergangenes Unheil. Da stand Sethos, neben ihm Mara, die Kinder und Amosis mit seiner Familie. Es schauderte ihn ein bisschen bei diesem Anblick, den er vor sich hatte, und er musste, wie die anderen auch, erst einmal realisieren, dass das Monster wirklich endgültig tot war. Der Schrecken war nicht mehr.

Von draußen kamen mehrere Menschen dazu, unter dem höflichen Vorwand helfen zu wollen. Und dann standen sie ebenfalls im Raum, ihre angebotene Hilfe wurde nicht in Anspruch genommen und sie starrten daher einfach nur auf das, was da lag. So langsam wurde auch ihnen klar, was all das für sie und das Dorf zu bedeuten hatte. Daher eilte einer von ihnen schließlich nach draußen, wo sich noch mehr Neugierige angesammelt hatten.

»Das Monster ist tot!«, rief er dann aufgeregt. »Yammuch ist nicht mehr!« Das war eine ziemlich verrückte und unglaubwürdig klingende Botschaft, die an diesem Morgen durch den Ort schallte, und doch konnte jeder kommen und sich selbst davon überzeugen. Und das taten nun auch einige, nachdem Sethos und seine Angehörigen gerade das Haus verlassen wollten. Jedoch blieb Essam im Raum stehen und so wartete Sethos auf ihn.

»Komm Essam«, sagte er zu seinem Sohn.

Doch dieser stand still da, starrte das abgetrennte Haupt des Monsters an und sagte: »Der Krokodilkopf. Er sieht aus, als wolle er zubeißen.«

Sethos ging auf ihn zu und drückte ihn dann fest an sich.

»Schau ihn nicht mehr an«, sagte er. »Es ist vorbei.«

Danach gingen auch sie nach draußen. Sie machten sich nun wieder auf den Weg zu keinem anderen Ort als dem Höhleneingang. Denn nun wollten sie gemeinsam all die Gegenstände zurückholen, die sie gestern Abend noch dorthin geschleppt hatten. Doch irgendwie war es skurril, schon wieder zu diesem Ort zu gehen. Schließlich kamen sie zu der besagten Stelle am Nilufer und fanden alle Dinge so vor, wie sie sie gestern zurückgelassen hatten. Und dort war der Eingang zur Höhle, noch immer unschön und unheimlich, aber jetzt weniger gefährlich. Sie beluden schnell ihre Arme damit und trugen alles fort. Die Gegenstände fanden wieder ihren Platz im Haus von Amosis und seiner Frau.

Als das erledigt war, gingen sie nun wieder ihren Berufen nach, doch es konnte keineswegs von einem gewöhnlichen Arbeitstag die Rede sein. Nicht nur Sethos war beim Angeln und Fischen tief in Gedanken versunken und kaum bei der Sache. Alle Leute redeten heute sehr wenig, da sie sich in sprachloser Freude befanden. Denn es gab die schwerwiegende Neuigkeit, von der am Ende des Tages jede und jeder gehört hatte. Auch einige Tränen blieben nicht aus.

Bei all dem Frohsinn standen aber Sethos, Mara und ihre Kinder trotzdem noch ohne ein bewohnbares Obdach da. Glücklicherweise konnten sie aber in dieser Nacht in Amosis' Haus schlafen. Während Sethos am Fluss und Amosis auf dem Feld beschäftigt gewesen waren, hatten sich die Frauen mit den Kindern zusammen um neue Schilfmatten bemüht, sodass niemand auf dem blanken Boden schlafen musste. Sicher gab es kaum noch Platz im Raum, als sie sich mit den Matten ausbreiteten, dennoch waren sie dankbar, hier schlafen zu können.

DIE ANDERE RICHTUNG

Als die Sonne schon höher gestiegen war, saß Sethos auf einem einfachen Schemel. Gerade war er dabei, einen Fisch auszunehmen. Ohne viel darüber nachzudenken, entfernte er die inneren Organe des erbeuteten Tieres, so, wie er es schon oft vorher getan hatte. Doch er fühlte die weiche Beschaffenheit der Innereien und es war ihm nicht wohl bei dem Gedanken, dass er nichts anderes als eine Leiche in seinen Händen hielt. Ein totes Geschöpf, das einst gelebt hatte, dessen Herz einst Blut durch den Körper pumpte. Da wurde ihm beinahe schlecht und er hielt inne. Er konnte gerade kein bisschen weitermachen. In seinem Kopf stand das Bild von Onuris, wie er ihn in seinem bösen Traum als Ertrunkenen gesehen hatte. Irgendwie fiel es ihm schwer, sich daran zu erinnern, wie Onuris eigentlich als lebender Mensch ausgesehen hatte. Und dann kam ihm auch die tote Monifa in den Sinn, doch er versuchte schon diesen Gedankengang aufzuhalten. Vor seinem geistigen Auge sah er wieder Yammuch, wie es vor ihm aus dem Wasser sprang, an jenem Abend, als er mit Amosis auf der Flussinsel gestanden hatte. Ganz klar und deutlich erkannte er die Einzelheiten des Monsters, was ihn dazu veranlasste, von dem Schemel aufzustehen und den Fisch aus seinen

Händen zu legen. Er ging ein Stück, ließ die Arbeit einfach hinter sich und blieb irgendwann stehen, um einen umfangreichen Blick über das ägyptische Land zu werfen.

›Es ist vorüber‹, dachte er und eine schwache Erleichterung setzte ein. ›Die schlimmen Zeiten sind vorbei.‹

Er ging weiter und war sich selbst nicht sicher, wohin ihn seine Füße eigentlich trugen. Durch den Ort lief er, vorbei an Gesichtern, die ihm alle lockerer und munterer vorkamen als in der Vergangenheit. Er kam an seinem Haus an und es zog ihn gleich hinein. An der Asche und dem Kopf im Eingangsbereich ging er geradewegs vorbei. Als er im Wohnraum stehen blieb, wo er mit seiner Familie immer geschlafen hatte, erinnerte er sich wieder an die Nächte, als er hier wach und besorgt gelegen hatte. Noch einmal lauschte er in den Raum hinein. Vögel zwitscherten, Grillen zirpten, irgendwo klopfte jemand auf Holz und auch die Schafe waren leise zu hören. Bei Tageslicht sah alles schön und harmlos aus, doch in der Nacht wollte er nicht mehr hier sein. Natürlich war die Gefahr vorüber, aber die Nächte - vor allem die, als Yammuch an der Hauswand gekratzt hatte - hatten ihn zu stark gezeichnet.

»Hier will und kann ich nicht mehr leben«, sagte er laut zu sich selbst und es fühlte sich gut an, einen festen Beschluss gefasst zu haben.

Er ging zurück in den ausgebrannten Raum, doch schenkte er den Überresten wieder keinerlei Beachtung. Stattdessen stieg er durch die Luke am Boden, die noch immer offenstand, in den Keller. Da stand er wie vor nicht mehr als zwei Tagen, als er aufgrund von Befürchtungen mit der Fackel in der Hand hatte nachsehen wollen. Unruhig schaute er hin und her. Vor ihm lag das dunkle Loch in der Wand, das zum unterirdischen Gang führte. Entschlossen ging er darauf zu, denn es gab nichts mehr, wovor er sich fürchten musste. Dann hielt er aber doch inne. Etwas hinderte ihn. Er atmete tief durch, ballte die Fäuste und entschied sich dazu, der Angst ins Auge zu blicken. Dazu ging er wieder nach draußen, um sich erst mal eine Fackel zu besorgen, mit der er schließlich zurückkehrte. Jetzt wagte er sich vor bis in den Gang und schaute in die Finsternis. Er bog nicht links, sondern rechts ab, also in die unbekannte Richtung. Und es dauerte gar nicht lange, da verzweigte sich der Weg schon. Sethos beschloss, sich rechts zu halten, lief weiter, aber stieß gleich danach auf die nächste Gabelung. Doch hier ging es nach wenigen Kurven nicht mehr weiter. Als er zurückging und den anderen Weg nahm, stieß er auch hier auf ein abruptes Ende des Ganges. Zuletzt nahm er noch den ersten Abzweig, auf den er gestoßen war, doch dieser hörte auch schon nach wenigen Metern in einer Erdwand auf. Also lief er zurück zum Keller und kam zu einer Erkenntnis, die ihn erschaudern ließ.

›Das Monster wollte bestimmt ein Tunnelsystem unter dem Dorf anlegen und damit in die Häuser eindringen‹, vermutete er. ›Zum Glück war es noch nicht so weit gekommen.‹

Mit einem Gefühl der Befreiung stieg er aus dem Keller. Ein bisschen stolz war er schon auf sich, dass er sich alleine in den Gang gewagt hatte. Er warf beim Rausgehen einen kurzen Seitenblick auf den verkohlten Krokodilkopf, trat ins Freie, wo er sich erst bemühte, die Fackel zu löschen und stellte sich danach mit dem Kopf nach oben gerichtet hin. Er schaute in den schönen, blauen Himmel. Weit oben flog ein Falke auf der Suche nach Beute. Sethos war froh. Er war einfach nur froh über eine Welt ohne das Ungeheuer und musste unweigerlich lächeln. Nun streckte er beide Arme aus und nahm einen tiefen Atemzug der frischen Luft. Da fiel ihm etwas ein, das er unbedingt noch erledigen musste. Er wollte auf alle Fälle noch zu den Göttern beten und ihnen dafür danken, dass das Böse nun vorüber war. Gleich nach der Arbeit würde er es tun, das wusste er. Aber jetzt war es an der Zeit, dorthin zurückzugehen, bevor man ihn vermisste.

EINE UNVERHOFFTE BEGEGNUNG

Die Aussaat auf den Feldern war erledigt und das Leben war auf dem besten Weg zurück zu einer gewohnten Normalität, obwohl manche Narben nie verheilen würden. Bestimmte verlorene Dinge waren wohl für immer verloren. Monifa und Onuris etwa waren nicht mehr und das Haus, in dem Sethos mit seiner Familie gelebt hatte - ihr trautes Heim - blieb wohl für alle Zeiten leerstehend. Trotzdem musste es irgendwie weitergehen.

Zwei Wochen vergingen und es kam ein Tag, der mit frischem Wind etwas Sehenswertes den Nil hochtrug. Am frühen Morgen segelte ein großes, prächtiges Schiff in Richtung Süden am Dorf vorbei. Sethos selbst bekam es nicht zu Gesicht, sondern erfuhr erst davon, als sein Sohn Essam ihm aufgeregt davon erzählte.

»Das war ein richtig großartiges Schiff, so wie es nur die ganz Reichen haben, Vater«, berichtete er. »Ich bin bis ans Wasser gegangen, um es zu sehen. Und dann habe ich kurz auf dem Deck den König gesehen, stell dir das vor!«

»Dann war es ein königliches Schiff«, sagte Sethos beeindruckt. »Bist du sicher, dass du wirklich Teti II. gesehen hast?«

»Ja, das haben auch die anderen gesagt, die da waren und geschaut haben! Man hat das ganze Gold glänzen gesehen, mit dem er geschmückt war.«

»Unser Herrscher reist wohl nach Süden«, vermutete Sethos, »wahrscheinlich in eine größere Stadt. Vielleicht sogar bis nach Oberägypten.«

Und während Essam noch ganz beeindruckt von diesem Erlebnis schwärmte, liefen er und Sethos schon zum Nil, um Fische zu jagen. Heute nahmen sie dafür Speere, mit denen sie im seichten Wasser standen und lauerten. Sie hatten hier einen recht langen Streifen, der gut für den Fischfang geeignet war und auf dem sich auch noch ein paar andere Fischer verteilten. Vor ihnen lag die Flussinsel lang und breit in der Flussmitte. Von deren Ufer aus schaute ein Reiher herüber, dessen weißes Gefieder man trotz der Entfernung deutlich erkennen konnte. Und in den Zweigen der Bäume, die sich über das Wasser beugten, saßen kleinere Vögel, die mit ihrer munteren Art das Geäst belebten. So war es hier am Nil, an diesem schönen Fluss, der sich in seiner enormen Breite durch das Land zog und ihm Leben und Gedeihen schenkte. Dafür war Sethos dankbar. Es erfreute ihn, in dieser Oase zu leben, die mitten in einer trostlosen Wüste grünte. Hier war er genau richtig, unter der schützenden Hand seiner ägyptischen Götter.

So ging der Tag dahin, die Sonne zog ihre Bahn am Himmel und die Fischer beendeten ihre Arbeit für heute. Sie liefen zum Dorf zurück, auch Essam, der noch mit Pal und anderen Kindern etwas unternehmen wollte. Und nur Sethos blieb zurück, denn er wollte gerne noch die angenehme Atmosphäre nach getaner Arbeit hier draußen genießen. Eigentlich hatte er gehofft, dass das Schiff des Pharaos im Laufe des Tages wieder hier entlangfährt. Kleinere Schiffe waren vorbeigekommen, aber unter ihnen war kein königliches gewesen.

Nun lief Sethos noch ein Stück in Ufernähe entlang, in südlicher Richtung. Als er zu einer kahlen Anhöhe kam, wusste er schon, welcher Anblick sich ihm oben bieten würde, und mit freudiger Erwartung stieg er hinauf. Von dort aus leuchteten ihm im schönsten Gold die Spitzen der zwei fernen Pyramiden entgegen. Und weiß strahlten die Kalkmäntel, mit denen diese riesigen Bauwerke beschichtet waren. Doch dann bemerkte Sethos noch etwas anderes Weißes, und zwar zwischen einigen Bäumen und Palmen in der Nähe des Ufers nicht weit von hier. Da befanden sich mehrere Menschen, die wohl höheren Amtes sein mussten, da sie in vornehme Trachten gekleidet waren. Und noch ein Stück ferner trieb ein großes Schiff auf dem Fluss, das offenbar dort angelegt hatte.

›Das muss das Schiff des Königs sein!‹, stellte Sethos mit Wohlgefallen fest. Er beobachtete neugierig, wie sich die Personen dort umschauten und langsam unter Baumkronen und Palmenblättern wandelten. Dabei entdeckte er unter ihnen einen besonders auffälligen Mann. Zwar war er wie die anderen auch in feines Weiß gekleidet, stach aber dennoch heraus, da er mit Gold und anderen Farben geschmückt war. Ein blau-gold gestreiftes Nemes-Kopftuch zierte das Haupt des Königs.

Wieder wurde Sethos von einem Eindruck tiefer Ehrfurcht erfasst, als er Teti II. sah. In diesem Moment wusste er nicht recht, wie er sich verhalten sollte. Hier oben herumstehen wollte er nicht mehr. Sollte er zu den Vornehmen gehen und sich zeigen? Schließlich verspürte er das Bedürfnis, seine Dankbarkeit zu äußern, auch im Namen des Dorfes. Er war überzeugt, dass der König einen wichtigen Beitrag zur Beendigung des Schreckens beigetragen hatte, und überhaupt galt es ihn über diese Wendung des Schicksals zu informieren. Daher stieg Sethos nun von der Anhöhe herunter und sah währenddessen schon, dass sie ihn gerade bemerkt hatten. Seine Blicke trafen sich mit ihren. Sie redeten miteinander und auch der Pharao schaute jetzt auf den einfachen Fischer. Als Nächstes winkte einer der Würdenträger und rief herüber: »Komm hier her, Ägypter, der du auf dem Hügel gestanden hast! Der König wünscht es!«

Das ließ sich Sethos nicht zweimal sagen und so kam er eilig auf sie zu. Der Herrscher und das ganze Gefolge, das aus Dienerinnen und Dienern, Wachen und Würdenträgern bestand, erwarteten ihn. Ein bisschen verlegen blieb er dann in seiner Schlichtheit als einfacher Mann vor diesen edlen Menschen stehen.

»Ich grüße dich, Untertan!«, sprach Teti und Sethos hätte fast vergessen, sich zu verneigen, und tat es jetzt so tief er nur konnte. Als er aufschaute, kam der Herrscher von zwei Wachen gefolgt auf ihn zu, und schon stand er mit seinem ehrfurchtgebietenden Angesicht nur eine Armlänge vor Sethos.

»Sage mir, wie heißt du?«, fragte Teti mit ruhiger Stimme.

»Mein Name ist Sethos.«

»Nun, Sethos, wohnst du in dem nächsten Dorf, das man sieht, wenn man ein wenig flussabwärts von hier fährt?«

»Ja, so ist es, mein König«, sagte Sethos und versuchte sich möglichst gewählt auszudrücken.

»Ah, das dachte ich mir, denn ich meine dein Gesicht wiedererkannt zu haben. Du warst unter denen, die mich erst vor wenigen Wochen in meinem Palast um Hilfe ersuchten, weil ein Ungetüm in eurem Ort Schlimmes angerichtet hatte, habe ich recht?«

»Richtig, Eure Majestät, ich war dabei und es ist mir eine außerordentliche Freude, Euch hier und jetzt verkünden zu können, dass das Böse von Flammen besiegt wurde.« Sethos war bemüht, nicht allzu aufgeregt zu wirken. »Der Terror ist vorüber und wir können endlich wieder aufatmen. Ich möchte Euch danken, wie es mir nur möglich ist. Ich und die anderen Einwohner.«

»Das Problem ist also aus der Welt. Das ist eine sehr gute Nachricht. Ich bin glücklich davon zu hören.«

»Das sehen wir auch so«, antwortete Sethos. »Aber wie können wir uns dafür nur bei Euch erkenntlich zeigen?«

»Nun, ich habe meine Arbeit getan und ich verlange von euch nichts weiter, als dass ihr die eure tut. Bewirtschaftet das Land, kümmert euch um Nahrung, Kleidung und alles, was gebraucht wird. Für das Volk, für die Götter, für das ägyptische Reich.«

»So sei es, Eure Majestät. Ich werde den Frauen und Männern meines Dorfes ausrichten, was Ihr gesagt habt und von uns fordert.«

»Gut so«, sagte Teti. »Und jetzt wollen wir ein bisschen gehen und uns umschauen.« Er lief langsam los und so setzte sich die ganze Menge in Bewegung. Sethos kam ganz automatisch mit und lief in respektvollem Abstand neben dem Pharao.

»Es ist doch schön hier, nicht wahr Sethos?«, fragte Teti.

»Ja, da kann ich Euch nur zustimmen«, antwortete Sethos in seiner Überraschung über das Gespräch mit dem König und über die gesamte Situation. Die Würdenträger lauschten teils neugierig, teils verwundert dem Gespräch zwischen König Teti II. und einem einfachen Mann.

»Und das Verschwinden des Problems in deinem Dorf zeigt doch wieder, wie alles mit der Zeit zur Ordnung zurückfindet«, sagte Teti. »Es ist wie mit den Nilfluten, ohne die wir nicht leben könnten. In manchen Jahren sind sie zu hoch und in anderen wiederum bedrohlich niedrig, sodass die meisten Felder trocken bleiben. Trotzdem kommen wieder viele Jahre, in denen der Wasserpegel genau das richtige Maß hat. So wird also auch euer Dorf wieder zu seiner Ordnung kommen. Gut, dass du gerade hier warst, um mir das zu sagen.«

»Ich war zufällig hier, mein König«, sagte Sethos. »Ich wollte noch die Natur genießen und einen Blick auf die Pyramiden im Süden werfen, bevor ich nach Hause gehe.«

»Das ist fein. Doch ehe du nach Hause gehst, will ich dich fragen, gibt es noch etwas, das ich für dich tun kann?«

»Oh, Eure Freundlichkeit ehrt mich. Aber wie habe ich etwas von Euch verdient?«

»Nun«, erklärte Teti, »es ist ein schöner Tag, ich bin guter Laune und ich bin gern bereit, meinen Untertanen etwas zurückzugeben. Du hast doch sicher einen Wunsch.«

Sofort fiel Sethos die Angel ein, die er Essam hatte geben wollen. Er grübelte kurz, ob er dieses Anliegen wirklich äußern sollte.

Dann sagte er: »Na ja, da wäre schon etwas. Ich bin nämlich ein Fischer, müsst Ihr wissen, und ich habe einen Sohn, aus dem auch einer wird. Schon seit einiger Zeit hatte ich vor, ihm eine Angel zu schenken für seinen Weg in diesem Bereich. Eine ganz besondere Angel sollte es werden und ich hatte schon alles dafür zusammengesucht, bis auf das letzte Teil. Der richtige Angelhaken fehlte mir noch und nach ihm habe ich gesucht. Als aber dann die bösen Geschehnisse der letzten Zeit dazwischenkamen, wurde nichts daraus. In dem Feuer, welches das Monster besiegt hat, ging die Angelrute verloren. Natürlich will ich ihm nach wie vor dieses Geschenk bereiten …«

»Ich verstehe«, sprach der Pharao und nickte mit einem gütigen Lächeln. »Ich bin sicher, dass du deinen Sohn gut lehrst und ihn zu einem tüchtigen Fischer machst. Daher sollst du ihm auch eine anständige Angel schenken können.«

Als Sethos diese Worte hörte, war er ganz aus dem Häuschen vor Freude.

»Es ist so: Ich habe immer ein paar Ruten auf meinem Schiff, für den Fall, dass mich die Lust zu angeln packt«, fuhr Teti fort. »Und es wäre mir ein Vergnügen, dir eine davon zu überlassen.«

»Nun, danke«, stammelte Sethos, »aber ich weiß nicht, ob ich so etwas annehmen kann. Aus dem Eigentum des Königs.«

»Siehst du, und das ist das Problem der Menschen: Sie wollen alle etwas in dieser Welt, aber sind sie auch bereit, es zu erhalten? Die Dinge, die man begehrt, kommen selten von selbst. Man muss etwas tun, man muss einen Weg gehen, um das Ziel zu erreichen! Du willst also deinem Sohn eine Angel schenken. Getan hast du schon etwas dafür, nur das letzte Stück hat dir noch gefehlt, weshalb noch nichts daraus wurde. Dennoch hast du dich bemüht, du hast es durchaus *versucht* und das soll belohnt werden! Ich biete dir eine günstige Gelegenheit. Du musst jetzt lediglich zu deinem Ziel stehen und sie annehmen.«

Dann sagte Sethos: »So sei es. Ich nehme Euer Geschenk dankend an.« Er verbeugte sich nochmal, weil er es für angemessen hielt.

Damit war es also beschlossen. Der König winkte einen Diener zu sich und befahl ihm, zum Schiff zurückzukehren und eine der Angeln zu bringen. Er beschrieb ihm genau, welche er wollte und mit diesem Wissen eilte der Diener davon. Langsamen Schrittes ging die Gruppe weiter durch die Natur. Rechts von ihnen lag das Flussufer mit dichtem Schilfbewuchs und links Palmen und Bäume. Zufrieden lächelte der Pharao und Sethos fühlte sich doch ein bisschen überwältigt von diesem Erlebnis.

Schneller als gedacht kehrte der Diener zurück und hielt das gewünschte Stück in den Händen. Er übergab es dem König.

»Ist das nicht eine ausgezeichnete Rute?«, sagte Teti.

»Oh ja, das ist sie wirklich«, antwortete Sethos.

Jetzt stand er wieder dem König gegenüber, der ihm die Angel hinhielt.

»Nun, Sethos. Ich händige sie dir hiermit aus, sodass du sie deinem Sohn schenken kannst. Ich wünsche alles Gute damit.«

Damit überreichte er sie Sethos, der sie vorsichtig in seine Hände schloss. Er fühlte die eingeschnitzten Verzierungen in dem edlen und durchaus robusten Holz der Rute. Der Faden war aus feinstem, aber stabilem Stoff gemacht und der Angelhaken war ein geschmiedetes Stück, in das Gold verarbeitet war.

»Eure Majestät, ich werde diese Begegnung niemals vergessen«, sagte Sethos dann feierlich. »Ihr habt mir heute eine sehr große Ehre erwiesen und eine immense Freude bereitet. Ich werde Eure Worte an meine Familie, an Freunde und Bekannte weitertragen und ihnen von Eurer Großzügigkeit berichten. Ich danke Euch vielmals!«

Noch eine letzte, tiefe Verneigung.

Danach sagte Teti: »Wie schön kann doch das Geben sein! Gehe nun nach Hause, Sethos, deine Familie soll nicht länger auf dich warten.«

»Jawohl«, sagte Sethos und befolgte sofort die Anweisung. Er drehte sich um und ging in die Richtung, die ihn nach Hause führte. Mit einem breiten Lächeln und schwungvollen Schritten lief er dahin und schaute nicht nochmal zurück, als wäre es ihm durch die Aufforderung des Königs verboten. Niemals hätte er sich erträumt, heute mit Teti II. zu sprechen. Es war einfach unglaublich! Er schaute auf die Angel, die er in der Hand hielt, um sich zu vergewissern, dass das gerade wirklich passiert war. Ja, er sah das königliche Geschenk, das ihm fast wie ein unschätzbar wertvolles Kunstwerk erschien und er hätte Freudensprünge machen können.

So ging Sethos nach Hause, wo seine Familie und die von Amosis gerade gemeinsam mit dem Abendessen beginnen wollten, wie sie es nun immer taten, da sie unter einem Dach lebten. Jetzt hatte er erst mal so einiges zu erzählen. Er berichtete ihnen haargenau und sehr ausführlich von der Begegnung. Die ganze Unterhaltung versuchte er wiederzugeben. Als er endlich auf die Angel zu sprechen kam, sagte er alles, was dazu gesagt werden musste und überreichte das Geschenk anschließend seinem Sohn, der nur noch verdutzt schaute. Essam fand keine Worte, als dieses ehemalige Königseigentum in seinem Griff ruhte, in dem es sich noch an vielen, vielen Tagen befinden sollte. Und ich bin sicher, dass sein tiefes Staunen auch in Zukunft nicht weichen würde. Nicht unbedingt dank der Angel, sondern vielmehr wegen der überraschenden Geste, die damit verbunden war.

EIN LETZTER BLICK

Zuletzt bleibt die Frage, wie es weiterging mit den Ägyptern, die vor über 4000 Jahren unglücklicherweise in diesen Schrecken geraten waren. Ihr Schicksal konnten wohl die späteren Generationen nur schwerlich für echt halten, geschweige denn nachempfinden. Vielleicht kam es einigen Dorfbewohnern selbst manchmal so vor, als wäre der Schrecken nur eine Art Illusion gewesen.

Sethos der Fischer jedenfalls fand große Lebensfreude, als der Terror vorüber war, doch er hatte weiterhin mit gewissen Folgen zu kämpfen. Ab und an kam es vor, dass ihn wieder Albträume plagten, die ihm das Geschehene von Neuem erschreckend nah vor Augen hielten. Nicht selten war der tote Onuris Bestandteil dieser schlechten Träume und Sethos musste aufpassen, dass er nicht in den Glauben verfiel, Onuris wäre ein grässlicher Geist, der für immer und ewig sein Unwesen trieb. Sethos wusste, dass dieses Bild nur in seinem Kopf auftauchte und weit entfernt von der Realität stand. Onuris war ein Mensch gewesen - teilweise ziemlich anstrengend, aber schließlich wollte auch er nur einen Weg oder seinen Platz in dieser Welt finden. Sein Ende war eine einzige Tragödie. Es tat Sethos leid. Manchmal vermisste er Onuris und Monifa. Sie fehlten ihm gewissermaßen, was ihm gelegentlich ein Anlass zum Beten war. Und trotz alledem wusste er ganz genau, dass es weiterging. Die Zeit schritt voran, ob mit Betrübnis oder mit Fröhlichkeit. Immer folgte auf den Tag die Nacht, doch jede Dunkelheit musste bald wieder dem Licht dieser Welt weichen. Denn das Leben ist genauso unausweichlich wie der Tod.

Auch Mara hatte es nicht immer leicht. Sie vermisste vorrangig ihr Wohnhaus, in dem sie mit ihrer Familie gelebt hatte. Verständlicherweise hatte es ihr schon immer sehr viel bedeutet. Doch sie verstand auch, dass dieses Gebäude jetzt nie mehr angerührt würde. Das Haus hatten sie vielleicht verloren, aber das Wichtigste war, dass sie noch am Leben waren. Jeden Tag war Mara froh darüber, dieses Leben zu haben. Es hätte auch alles ganz anders kommen können, doch schließlich war ihr noch Zeit im Diesseits geschenkt worden. Dass es ihrer Familie gut ging und dass all das Schlimme überstanden war, erfüllte sie mit Dankbarkeit.

Was über Amosis zu sagen bleibt, ist, dass ihn die schwere Zeit wenig verändert hatte. Jedenfalls ließ er sich selten etwas anmerken, wie etwa die Angst davor, sich bei Dunkelheit draußen aufzuhalten. Die Nacht im Allgemeinen war ihm nicht mehr recht geheuer. Umso zufriedener war er, wenn er zu Hause auf der Schilfmatte lag und seine und die andere Familie sich ebenso im Raum befanden. Nie musste er alleine schlafen. Immer waren genügend Menschen in unmittelbarer Nähe und er konnte sich geborgen fühlen.

Und Essam? Nun, es lässt sich leider nicht sicher sagen, ob er nach all dem noch viele Tage verbrachte, die von Glück und Zufriedenheit geprägt waren. Schließlich war er ein Kind, als er von dem Ungeheuer gejagt wurde und in völliger Panik um sein Leben rennen musste. Auch die Nacht, als er mit seiner Familie im Haus aufwachte, weil das Monster an der Außenwand kratzte, hatte ihn wohl in eine Angst versetzt, die nicht leicht zu vergessen war. So war es naheliegend, dass er sich von den Geschehnissen, die er gesehen und erlebt hatte, nie wirklich erholte. In seinem späteren Beruf als Fischer hatte er es - wie sein Vater - nicht immer leicht. Der Fluss erschien ihm als ein Ort, der in seinem dunklen Wasser so manche Geheimnisse verbarg, die gefährlich für Leib und Leben sein konnten. Trotz allem fühlte er aber ständig einen Antrieb in seinem Herzen, der ihn weitermachen ließ. Denn seit jenem Tag, als er die königliche Angel überreicht bekommen hatte, fühlte er sich zur Tätigkeit als Fischer berufen wie nie zuvor. Er nutzte sie oft und pflegte sie auch gründlich.

Seine zwei Schwestern und er unterstützten sich erfreulicherweise stets gegenseitig. Sie hielten zusammen in allen Dingen, auch als sie nach Jahren nicht mehr unter demselben Dach lebten. Denn Essam baute sich später ein eigenes Haus, und zwar an genau der Stelle, wo seine Familie und er eine Nacht unter dem Sternenhimmel inmitten der Schafherde verbracht hatten. Diese Stelle, so hatte er beschlossen, sollte es werden. Es war am Rande des Ortes und damit fern von der Dorfmitte, wo das Haus seiner Kindertage still und von nichts und niemandem (außer der Zeit) berührt dastand. Scheinbar blieb der Krokodilschädel für immer dort liegen und verlor nie seine Boshaftigkeit. Allerdings konnte man froh sein, dass sich das Schicksal in der Nacht des Feuers gegen das Monster entschieden hatte. Es war durch den unterirdischen Gang in den Keller und schließlich ins Haus gekommen, wo sich anschließend mächtige Flammen in seinen Weg stellten. Doch wer konnte wissen, ob nicht kurz danach etwas durch den Gang zurückrannte, die Höhle passierte und dann in den Fluss sprang. Niemand konnte sicher sein, ob sich nicht ein kopfloses Wesen in jener Nacht in den Nil gestürzt hatte.

FIGURENVERZEICHNIS

Sethos: 30 Jahre alt, Fischer, Ehemann von Mara

Mara: 29 Jahre alt, Ehefrau von Sethos

Essam: 7 Jahre alt, Sohn von Mara und Sethos

Amosis: 30 Jahre alt, Bauer, Nachbar und Freund von Sethos

Pal: 7 Jahre alt, Sohn von Amosis, bester Freund von Essam

Onuris: 24 Jahre alt, Bauer, Ehemann von Monifa

Monifa: 21 Jahre alt, Ehefrau von Onuris

Fenuku: Schäfer

Teti II.: Herrscher des Ägyptischen Reiches